小公子

バーネット

羽田詩津子＝訳

角川文庫
22517

LITTLE LORD FAUNTLEROY
Frances Hodgson Burnett
1886

小公子

目次

1 思いがけないできごと

セドリックは父親の生い立ちをまったく知らなかった。それまで一切説明されたことがなかったからだ。母から聞いて、父親がイギリス人だということは知っていた。ただ、父はセドリックがまだ幼いときに亡くなってしまったので、ほとんど記憶にない。覚えているのは、体ががっしりと大きくて青い目だったこと、長い口髭《くちひげ》を生やしていたこと、それに肩車をしてもらって部屋じゅうを歩き回り、とても楽しかったことぐらいだ。父親が亡くなってから、セドリックは母には父の話をしない方がいいと気づいた。父が病気の間、セドリックはよそにやられていて、戻ってきたときにはすべてが終わっていた。くわえて、母親までとても具合が悪そうで、ようやく窓際の椅子にすわれるまで回復したところだった。母の顔は青白く、げっそりとやせ、きれいな顔からはえくぼがすっかり消えて、大きな目はとても悲しそうで、黒い服に身を包んでいた。

「大好きな人」セドリックは母にたずねた（父親がいつもそう呼んでいたので、彼も真似して母親を「大好きな人」と呼ぶようになっていた）。「大好きな人、お父さまはもうよくなったの？」

自分を抱きしめている母の腕が震えるのを感じて、セドリックは巻毛の頭を起こし、母親の顔をのぞきこんだ。そこに浮かんでいる何かのせいで、セドリックは泣きたくなった。

「ねえ、大好きな人、もう病気は治ったの？」

セドリックは愛情深い心の持ち主だったので、母親の首にしがみついて何度も何度もキスをして、やわらかい自分のほっぺたを母の頰にくっつけてあげた。すると、母はセドリックの肩に顔を埋《うず》め、二度と離すまいとするかのように息子を抱きしめながらさめざめと泣いた。

「ええ、お父さまはすっかりよくなったわ」母は涙にむせびながらも言葉を絞り出した。「もうちっとも苦しくなくなったのよ。でもね、わたしたちは――二人だけになってしまった。今はあなたとお母さまだけなの」

そのとき、幼心にセドリックは悟ったのだった。若くたくましくハンサムだった父は、二度と戻ってこないのだと。誰かが死んだ、という話はこれまでにも耳にしたことがあったので、父もそうなったことはわかった。でも、これほどの悲しみをもたらす死については、まだセドリックにははっきり理解できなかった。ただ、父の話をするたびに母が涙に暮れたので、父のことはあまり話題にしない方がよさそうだ、とセドリックはひそかに考えるようになったのだ。それに、母が誰ともしゃべろうとせず、暖炉で燃える火をひたすら見つめていたり、窓の外をぼんやり眺めていたりするのは体に障るんじゃないか、と気遣うようになった。二人は知り合いがほとんどなく、ひっそりと暮らしていたが、セドリックがもっと大きくなって訪ねてくる人がいない理由を知るまでは、それを寂しい生活だとさえ思っていなかった。実は母親は孤児で、父と結婚したとき、身寄りが一人もなく、この世の中で本当に一人ぼっちだったのだ。若くきれいな母は、ある裕福な老婦人の世話係をしていたのだが、親切とは言えない扱いを受けることも多かった。そんなある日、セドリック・エロル大尉が屋敷を訪れたとき、睫《まつげ》に涙をためた若い女性が階段を駆け上がっていくのを見かけた。その楚々《そそ》とした美しく悲しげな姿に、大尉は心を奪われてしまった。その後、いくつかの運命的な巡り合わせが重なり、二人はお互いをよく知るようになり、心から愛し合って結婚した。しかし、その結婚を快く思わない者もいた。なかでも腹を立てたのが大尉の父親だった。彼はイギリスに住んでいる非常に裕福で有力な老貴族だったが、大変な癇癪《かんしゃく》持ちで、アメリカもアメリカ人もとことん毛嫌いしていた。エロル大尉の上には兄が二人いた。イギリスの法律では、長男が一族の貴族の称号と財産を相続すると定められている。その財産たるや莫大《ばくだい》で、広大な地所やすばらしい屋敷なども含まれていた。ただし長男が亡くなれば、次男が相続人になる。というわけで、エロル大尉はとてもりっぱな一族の出だったのだが、金持ちになれる可能性はほとんどなかった。しかし、天は兄二人には与えなかった贈り物を末の息子には授けてくれた。美しい顔と堂々としたたくましく優雅な体つき。明るい笑顔に、やさしく陽気な声。勇敢で寛大で、めったにないほど親切な心と、誰からも愛されるような魅力にあふれた人柄。ところが、兄たちはそうではなかった。どちらもハンサムでも親切でもなく、賢くもなかった。イートン校では、まるで人気がなかった。大学に入っても勉強をまったくしようとせず、ただ時間とお金を浪費し、真の友と呼べる友人もほとんど作れなかった。父親の老伯爵は兄二人にたびたび失望させられ、屈辱的な思いを嚙《か》みしめていた。伯爵の相続人は高貴な一族の誉れにはなれそうもなく、男らしさや高潔さなどみじんもない、利己的で浪費癖のあるくだらない男になるにちがいなかった。わずかな財産しか手にできない三番目の息子だけが、あらゆる才能と魅力、たくましさと美しさを備えているとは、なんと皮肉なことか、と老伯爵は苦渋を味わっていた。それゆえ、ハンサムな末息子をかえっていまいましく感じることさえあった。この末息子こそ、偉大な称号と莫大な財産にふさわしいすぐれた資質を持っているように思えたからだ。それでも、老伯爵は誇り高い頑迷な心の底で、末息子を深く愛していた。だが、あるときそうした鬱憤《うっぷん》が爆発したせいで、末息子をアメリカに行かせることにした。しばらく末息子を遠ざけておけば、二人の兄たちと始終比較して腹を立てずにすむだろうと考えてのことだ。なにしろ当時の兄たちの放縦な生活ぶりは、伯爵にとって大きな悩みの種になっていたからだ。

　しかし半年もすると伯爵は寂しくなり、末息子に再び会いたくなって手紙を書き、帰国するように命じた。だが、その手紙は、大尉がちょうど父親宛《あて》に書いた手紙と行き違いになってしまった。大尉は美しいアメリカ人女性を愛するようになり、結婚するつもりだ、という手紙を出したところだったのだ。伯爵はその手紙を受けとって、烈火のごとく怒った。伯爵はそもそも短気だったが、大尉の手紙を読んだときほどのすさまじい怒りは見せたことがなかった。手紙が届いたときに部屋にいた従僕は、こんなに腹を立てては脳卒中を起こすのではないかと、はらはらしたほどだ。一時間ほど虎のように荒れ狂ってから、伯爵は腰をおろすと、二度と屋敷に戻ってくるな、二度とわしにも兄たちにも連絡を寄越すな、と末息子に手紙を書いた。さらに、好きなように生き、好きな場所で死ぬがよかろう、永遠におまえとの縁を切る、わしが生きている限り一切の援助はないと思え、とつけ加えた。

　その手紙を読んで、大尉は心から悲しく思った。イギリスが大好きだったし、生まれ育った美しい屋敷をとても大切に思っていたからだ。さらに癇癪持ちの老いた父親のことも愛していたので、父を失望させたことで胸が痛んだ。それでも、今後、父からの援助はまったく期待できないことは覚悟した。最初のうちは途方に暮れてしまった。大尉は働いてお金を稼ぐようには育っていなかったし、仕事の経験もまったくなかったからだ。しかし、彼には勇気と強い意志があった。そこでイギリス軍士官の地位を売り、苦労の末、ニューヨークで職を見つけ、結婚した。イギリスでのかつての暮らしとは大違いだったが、彼は若くて幸せだったし、勤勉に働けば、いつかきっと報われるだろうと希望を抱いていた。静かな通りに小さな家を買い、そこで息子が生まれ、つつましい生活ながら、楽しく笑いにあふれた毎日を送るようになった。だから、裕福な老婦人の世話係だった身分の低い娘と結婚したことを、一瞬たりとも後悔しなかった。彼女は美しく、とてもやさしく、お互いに深く愛し合っていたからだ。大尉の妻は本当に思いやりのある女性で、息子は両親にそっくりだった。ひっそりした質素な小さい家に生まれたとはいえ、この子はこれ以上ないほど幸福な赤ん坊に思えた。まず、とても健康だったので、まったく手がかからなかった。それに、いつも機嫌がよくて仕草がとても愛くるしいので、みんなにかわいがられた。見た目も麗しく、まるで絵から抜け出てきたように美しかった。おまけに大半の赤ん坊は毛が薄いのに、この子は生まれたときから、やわらかな美しい金色の毛がふさふさと生えそろい、毛先がくるんとカールし、生後半年ぐらいのときにはゆるやかな巻毛になっていた。長い睫に縁どられた大きな茶色の目をしていて、かわいらしい顔立ちだった。背中がとても強くて、しっかりしたたくましい脚をしていたので、生後九ヵ月でいきなり歩きだした。それに、赤ん坊にしてはとてもお行儀がよく、すぐに誰とでも知り合いになった。誰のことも自分の友だちだと考えているようで、乳母車に乗って通りにいるときに声をかけられると、その見知らぬ相手を澄んだ茶色の目でまじまじと見つめてから、愛嬌《あいきょう》たっぷりに、にこっとするのだった。その結果、セドリックが住んでいる静かな界隈《かいわい》では、気むずかしくて有名な通りの角の食料品店主を含め、みんなが彼に会って話しかけるのを楽しみにするようになった。そして、月日がたつにつれ、セドリックはますます美しく、ますます楽しい子供に成長していった。

乳母に付き添われ、短い白のキルトをはき、金髪の巻毛に白い大きな帽子をかぶり、おもちゃの荷車をひっぱりながら外を歩けるようになると、薔薇《ばら》色の頬をした愛らしい姿は、みんなの注目を集めた。乳母は家に帰ると、貴婦人たちが馬車を停めさせてセドリックに話しかけたこと、するとセドリックは前からの知り合いでもあるかのように、かわいらしくはきはきと受け答えをして、相手のご婦人たちは相好を崩していたことを母親に報告した。セドリックの最大の魅力は明るくて物怖《ものお》じせず、その独特の無邪気さで、みんなと親しくなれるところだった。それはこの子が人を疑うことを知らなかったからだし、他人の心を慮《おもんぱか》り、自分と同じように相手にもいい気分になってもらいたいという、幼いながらも親切な気持ちがあったからだろう。おかげで、セドリックは周囲の人の気持ちをすぐさま察することができた。おそらく常に愛情深くて思いやりがあり、やさしくて育ちがいい両親と暮らしてきたおかげで、そういう気質が養われたのだろう。彼は両親が冷たい粗野な言葉を口にするのは一度も聞いたことがなかった。常に愛情をかけられ、かわいがられ、やさしく扱われていたので、幼いセドリックの心は親切心と無垢《むく》な温かい気持ちであふれんばかりになったのだ。日頃、母が愛情のこもった愛称で父に呼ばれるのを耳にしていたので、セドリックも母に話しかけるときには「大好きな人」という呼び名を使うようになった。また、父が母を見守り、心から慈しんでいるのを見てきたので、自分もやはり母を大切にしていた。

こうして父がもう戻ってこないと知り、母親がとても悲しんでいる様子を目の当たりにすると、自分がお母さまを幸せにしなくては、という思いがやさしい小さな心にこみあげてきた。セドリックはもう赤ちゃんではなかったが、母の膝《ひざ》によじのぼってキスしたり、巻毛の頭を母の喉元《のどもと》に押しつけたり、おもちゃや絵本を持ってきて見せたり、ソファに横になっている母親にくっついて、そっと丸くなったりするとき、いつもその思いが胸にあった。セドリックはまだ幼かったので、それぐらいしかできそうなことを思いつかず、できるだけのことをしていたのだが、自分で思っている以上に、それは母にとって慰めになっていたようだ。

「ああ、メアリ」あるとき母が年とったメイドに言っているのが耳に入った。「セドリックは幼いなりに無邪気なやり方で、わたしを慰めようとしているんだと思うわ。この子のことはよくわかっている。ときどき、愛情のこもった心配そうな目でこちらをじっと見つめるのよ、まるで気の毒に思っているみたいに。それからわたしのところに来てなでてくれたり、何かを見せてくれたりするの。まるで小さな紳士だわ。ええ、この子は絶対にわたしの気持ちを察しているのよ」

成長するにつれ、セドリックは多くの魅力的な個性を発揮するようになり、周囲の人々をとても楽しませ、和ませた。母親にとってもすばらしい相談相手だったので、彼女は息子以外の人間をほとんど必要としないほどだった。いつも二人でいっしょに散歩をし、話をして、遊んだ。セドリックは年端も行かないうちから字を読めるようになり、夜に炉端に寝そべって朗読をした。物語のこともあれば、大人が読むような大きな本のこともあり、ときには新聞まで読んだ。そういうとき、セドリックがあまりにもおもしろいことを言うので、エロル夫人が楽しげな笑い声をあげているのが、台所にいるメアリにまで聞こえてきた。

「ほんにまあ」とメアリは食料品店の店主に言った。「坊ちゃんのおかしなしゃべり方を聞いたら、笑わずにいられないよ。あのおませな口のきき方ったら！　新しい大統領が指名された夜なんざ、台所に入って来なさると、両手をポケットに突っ込んで、絵みたいにかわいらしい様子で炉の前に立ってさ、あの無邪気な顔に、判事さまさながらの生真面目な表情を浮かべて、あたしにこう言いなさるんだからね。『メアリ、ぼくはセンキョーにとっても興味があるんだ。ぼくも共和《きょうわ》党なんだよ、大好きな人とおんなじで。おまえは共和党かい、メアリ？』だから、おあいにくさま、坊ちゃん、あたしは根っからの民主《みんしゅ》党ですよ！　って答えたんだよ。そしたらね、坊ちゃんったら、こっちの胸がジーンとくるような目つきで見て、『メアリ、国がだめになっちゃうよ』って言いなさるんだ。それからっていうもの、あたしの政党を変えさせようってんで、毎日毎日、やって来ては議論なさっていくんだよ」

メアリは坊ちゃんが大好きだったし、自慢にも思っていた。なにしろメアリはセドリックが生まれてからずっと母親にお仕えしてきたのだ。そして、父親の死後は、コック兼メイド兼乳母と、一人で何役もこなしてきた。セドリックの優美で力強い体つきも、かわいらしい仕草も、自慢の種だったが、何よりもふんわりと波打って額にかかり、肩先に愛らしくこぼれている金色の巻毛は、メアリの誇りだった。彼女は朝早くから夜遅くまで進んで働き、奥さまがセドリックの小さなスーツをこしらえたり、服の手入れをしたりするのを手伝った。

「貴族さまみたいじゃないかい？」というのがメアリの口癖だった。「いやほんと、五番街にだって、坊ちゃんみたいに器量よしの子は一人もいやしないよ。奥さまの古いドレスでこしらえた黒いベルベットのキルト、あれをはいて坊ちゃまが歩いていくとさ、男も女も子供も、みーんな、振り返って見とれてるからね。だって、小さな頭をしゃんともたげ、金色の巻毛をお日様に輝かせて歩く姿ったら、まさに貴族のお世継ぎさまって感じだもの」

　セドリックは自分が若い貴族みたいに見えることを知らなかった。そもそも貴族というものを知らなかったのだ。親友は通りの角にある食料品店の主《あるじ》だった。ひどく気むずかしいと評判の店主だったが、セドリックに腹を立てたことは一度もない。このホッブズさんをセドリックは崇拝し、心から尊敬していた。セドリックにとって、ホッブズさんはたいそうなお金持ちで、えらい人だった。というのも、お店にはいろいろな商品――スモモやイチジクやオレンジやビスケットなどがどっさりあったし、馬に引かせる荷馬車まで持っていたのだから。セドリックは牛乳の配達人もパン屋もリンゴ売りのおばあさんも好きだったが、ホッブズさんのことがいちばん好きで仲良しだった。だから毎日のように会いに行っては、長いこと店にすわりこんで、そのとき世間で話題になっていることについてしゃべりあっていた。驚くほど二人は話の種が尽きなかった。たとえば七月四日の独立記念日のこと。独立記念日のことを話し始めると、きりがないほどだった。ホッブズさんは「イギリス人」について手厳しい意見を持っていて、独立戦争について洗いざらい話してくれた。そして、敵の非道な行為と、独立戦争で戦った勇敢な英雄たちのわくわくする愛国的な話を聞かせてくれ、親切にも独立宣言の一節まで読んでくれた。セドリックはすっかり興奮し、目を輝かせ、頬を赤くして話に聞き入りながら髪をくしゃくしゃにしたので、金色の巻毛はすっかりもつれてモップのようになってしまった。家に帰ると母にその話を早く聞かせたくてたまらず、夕食の時間が待ちきれないほどだった。セドリックが政治に興味を持つようになったのは、たぶんホッブズさんに感化されたせいだったのだろう。ホッブズさんは新聞を読むのが大好きだったので、ワシントンで何が起きているかをセドリックに詳しく説明してくれた。たとえば、大統領がちゃんと責務を果たしているかどうかとかだ。選挙があったときには、セドリックはすごい大事件だと考え、ホッブズさんと自分がいなければ国は滅びてしまうと考えたほどだった。ホッブズさんは、盛大な松明《たいまつ》行進にセドリックを連れていってくれた。街灯のそばにずんぐりした男が立ち、肩車をしてもらっているかわいらしい男の子が宙で帽子を振り回しながら歓声をあげていた姿を、松明を掲げていた大勢の人たちが目にしたはずだ。

　選挙が終わってほどなく、セドリックが七つと八つの間だったときに、セドリックの一生をがらっと変えるような不思議な事件が起きた。折しもその日、セドリックがイギリスと女王について話題にすると、ホッブズさんは貴族について辛辣《しんらつ》に批判し、とりわけ伯爵や侯爵に対する憤りをぶちまけた。それは実に興味深い偶然だった。その日は暑く、朝から友達と兵隊ごっこをしていたので、ひと休みしようとセドリックが店にやって来ると、ホッブズさんが《イラストレイテッド・ロンドン・ニュース》を広げ、いきりたっているところだった。新聞には王室の儀式の写真が載っていた。

「ま、そういうひでえ真似をしていられるのも今のうちだ。いずれ、おまえらが踏みつけにした連中に空高く吹き飛ばされるだろうよ、伯爵も侯爵もひとまとめにしてな！　近いうちにきっとそうなるとも、用心しとくがいい！」

セドリックはいつものようにスツールに腰掛け、帽子を頭の後ろに押しやると、両手をポケットに入れ、ホッブズさんを感心したように見た。

「その侯爵とか伯爵にはたくさん知り合いがいるの、ホッブズさん？」セドリックはたずねた。

「いや、いるわけない」むっとしたようにホッブズさんは答えた。「連中がこの店に入ってきたら、とっつかまえてやりたいね！　おれのビスケットの樽《たる》には、そんな欲深の暴君どもは絶対にすわらせるもんか！」

それから、ホッブズさんはそう考えていることを心から誇らしく感じていたので、額の汗をぬぐいながら、あたりをぐるっとにらみ回した。

「たぶん、その人たち、もっと利口だったら伯爵になんてならなかったよね」そういう気の毒な立ち場にちょっぴり同情しながら、セドリックが言った。

「冗談じゃない！　連中はそれが自慢でならないんだ！　生まれつきそういう連中なんだよ。あくどいやつらなのさ」

二人が話していると、メアリが現れた。セドリックはお砂糖でも買いに来たのかと思ったが、そうではなかった。何かのことで気が動転しているのか、顔が青白く見える。

「おうちに帰りましょう、坊ちゃん。奥さまが戻ってくるようにとおっしゃっています」

セドリックはスツールから滑り下りた。「お母さまはぼくとどこかにお出かけしたいのかな、メアリ？　じゃあまたね、ホッブズさん。さようなら」

メアリが呆然《ぼうぜん》とした様子でじっとこちらを見つめ、首を振ってばかりいるので、セドリックはどうしたのだろうと気になった。「気分でも悪いの、メアリ？　暑さのせい？」

「いいえ。ただ、不思議なことが起きたんでございますよ」

「太陽のせいで大好きな人は頭が痛くなったのかな？」セドリックは心配そうにたずねた。

しかし、そうではなかった。家に帰ると、玄関に二人乗りの馬車が停まっていて、小さな客間では母が誰かと話をしていた。メアリは急いでセドリックを二階に連れていくと、クリーム色のフランネルでこしらえたよそゆきの夏のスーツを着せ、腰に赤いスカーフを巻き、巻毛をとかしてくれた。

「侯爵に伯爵だって？」メアリはぶつぶつ言っていた。「ふん、高貴なお生まれの方たちだって？　冗談じゃない！　みんな、くたばるがいいよ！　貴族なんて、とんでもないこった」

まったくわけがわからなかったが、この騒ぎがどういうことなのか、お母さまがきっと説明してくださるだろう、とセドリックは考えた。だから、メアリにはそのまま嘆くだけ嘆かせておき、質問もしなかった。支度が整うと、セドリックは階段を駆け下りて、客間に入っていった。険しい表情をした長身でやせた老紳士が肘《ひじ》掛け椅子にすわっていた。母は青ざめた顔をして近くに立っている。その目には涙が浮かんでいた。

「ああ、セディ！」母は叫ぶと、小さな息子に駆け寄り、ぎゅっと抱きしめてキスをした。だが、母はいささか不安そうで、とまどっている様子だった。「ああ、セディ、かわいい子！」

長身の老紳士が椅子から立ち上がり、鋭い視線をセドリックに向けた。彼は骨張った手でやせた顎《あご》をなでながら、いかにも満足そうな様子だった。

「では」紳士は一語一語、噛《か》みしめるように言った。「こちらが小公子であらせられるフォントルロイ卿《きょう》でいらっしゃるのですね」

2　セドリックの友人たち

それに続く一週間、セドリックの身には予想もしていなかったようなことが立て続けに起きた。とても不思議な、まるで夢を見ているような一週間だった。そもそも、母の話は実に奇妙で、二度、三度と聞き直さなくてはとうてい理解できなかった。ホッブズさんがその話を聞いたらどう思うだろう。セドリックには想像もつかなかった。それは伯爵についての話だったのだ。一度も会ったことのないセドリックの祖父は伯爵だった。そして、いちばん上の伯父《おじ》は馬から落ちて死ななかったら、いずれ伯爵になるはずだった。だが、死んでしまったので、二番目の伯父が伯爵を継ぐことになっていた。しかし、その伯父はローマで熱病のために急死してしまった。もしもセドリックの父が生きていれば、伯爵になっただろう。というわけで、兄弟全員が亡くなってしまったので、跡継ぎはセドリックしかいなくなった。どうやら祖父の死後には、セドリックが伯爵になるようだった。そして、当分の間、彼はフォントルロイ卿と呼ばれることになった。

初めてその話を聞いて、セドリックは真っ青になった。

「ああ、お母さま、ぼく、伯爵になんてなりたくないよ。友達の中で伯爵なんて一人もいないもの。どうしても伯爵にならなくちゃいけないの？」

しかし、それはどうしようもないことのようだった。そして、その晩、開いた窓辺にセドリックは母とすわり、みすぼらしい通りを眺めながら、そのことについてじっくり話し合った。セドリックは足乗せ台にすわり、いつものお気に入りの姿勢をとり片膝《かたひざ》を抱えていた。真剣に考えこんでいるせいで、とまどいを浮かべた小さな顔が紅潮している。祖父はセドリックをイギリスに連れてくるように迎えを寄越したのだった。そして、母は行くべきだと考えていた。

「なぜかというとね」と憂いのこもったまなざしで窓の外を眺めながら母は言った。「お父さまがそうお望みになるはずだからよ、セディ。お父さまはご自分の故郷を心から愛していらしたの。それに、小さな子にはまだ理解できないでしょうけれど、考えなくてはならないことがたくさんあるのよ。あなたをこちらに引き留めておいたら、わたしは自分勝手な母親と言われるでしょう。いずれ大人になったら、あなたにもその理由がわかるわ」

セドリックは悲しげに頭を振った。「ぼく、ホッブズさんと別れるかと思うと悲しくてたまらない。ホッブズさんはぼくがいなくなったら寂しがるよ。ぼくだって同じだ。それに、他のみんなとも別れたくないよ」

ハヴィシャム氏はドリンコート伯爵一家のお抱え弁護士で、フォントルロイ卿をイギリスに連れ帰るために伯爵によって差し向けられたのだったが、翌日訪ねてくると、セドリックにさまざまなことを話してくれた。しかし、大きくなったらとても裕福な身分になり、あちこちのお城やりっぱな庭園や深い鉱山、それに広大な地所とそこに住む借地人たちを所有できると聞かされても、セドリックの気分は晴れなかった。友人のホッブズさんのことが気がかりで、朝食がすむやいなや、重苦しい不安を抱えて店に出かけていった。

ホッブズさんは新聞を読んでいるところだった。セドリックは重い足取りで近づいていった。自分の身の上に何が起きたかを知ったら、ホッブズさんは大変なショックを受けるにちがいないと思ったので、店に向かう道すがら、どうこの知らせを伝えたらいいだろう、とずっと頭を悩ませていたのだった。

「よお、おはようさん！」ホッブズさんは挨拶《あいさつ》した。

「おはようございます」セドリックは応じた。

セドリックはいつものように高いスツールにはすわらず、ビスケットの樽にすわると片方の膝《ひざ》を抱え、しばらく黙りこんでいた。ホッブズさんは新聞越しにいぶかしげな視線を向けてきた。

「よお！」ホッブズさんがまた声をかけた。

セドリックはありったけの勇気をかき集めて口を開いた。

「ねえ、ホッブズさん、きのうの午前中に話し合ったこと、覚えている？」

「ああ、たしかイギリスのことだったな」

「うん、だけど、ちょうどメアリが迎えに来たときに話してたことがあるよね」

ホッブズさんは頭の後ろをかいた。

「ヴィクトリア女王と貴族のことだっけ」

「そう」セドリックはおずおずと続けた。「それとね、ほら、伯爵のことだよ、覚えてる？」

「うん、覚えているとも。あいつらの話もちょいと出たな、たしかに！」

セドリックは巻毛の生え際まで真っ赤になった。こんなに気まずい経験は初めてだった。ホッブズさんの方も、ちょっぴりばつが悪い思いをするのではないかと、いささか心配だった。

「伯爵たちが来てもビスケットの樽にはすわらせない、って言ってたよね」

「ああ、言ったとも！」ホッブズさんは断固たる口調になった。「それに、本気だぞ。すわろうとしたら、痛い目にあわせてやる！」

「ホッブズさん、今ね、その樽に伯爵がすわっているんだよ！」

ホッブズさんは椅子から飛び上がらんばかりになって叫んだ。

「なんだって！」

「そうなんだ」セドリックは小さくなって遠慮がちに告げた。「ぼくは伯爵なんだ。というか、いずれそうなるんだって。これ、本当のことだからね」

ホッブズさんはすっかり動転してしまったようだった。いきなり立ち上がると、温度計を調べに行った。

「暑さにやられたようだな！」ホッブズさんは叫ぶと、戻ってきて幼い友人の様子を気遣わしげに眺めた。「今日は暑いからなあ！　気分はどうだ？　どこか痛くないかい？　いつからそんなことを思うようになったんだい？」

ホッブズさんは大きな手をセドリックの小さな額にあてがった。セドリックはいたたまれない気持ちだった。

「ありがとう。でも、ぼくは大丈夫。頭がおかしくなったんじゃないんだよ。だって、悲しいけど、このことは事実なんだ、ホッブズさん。それでメアリが迎えに来て家に帰ったの。そうしたら、ハヴィシャムさんがお母さまと話をしていて。ハヴィシャムさんっていうのは弁護士なんだけどね」

ホッブズさんは椅子にへたりこむように腰をおろし、額をハンカチでぬぐった。

「じゃ、おれが熱中症にやられたにちがいない！」彼は声を張り上げた。

「ちがうの」セドリックは言った。「そうじゃないんだよ。だから、どうにか事実を受け入れなくちゃ、ホッブズさん。ハヴィシャムさんはそのことを伝えに、はるばるイギリスから来たの。ぼくのおじいさまが寄越したんだよ」

ホッブズさんは目の前の無邪気で真剣な顔を食い入るように見つめた。

「きみのおじいさんって何者なんだね？」ホッブズさんはたずねた。

セドリックは片手をポケットに入れると、慎重に紙切れを引っ張り出した。そこにはセドリックの丸っこくてつたない文字で、何か書きつけられていた。

「よく覚えられないから、ぼく、ここに書いておいたんだ」セドリックはそう言うと、ゆっくりと読み上げた。「〝ジョン・アーサー・モリニュー・エロル、ドリンコート伯爵〟これがおじいさまの名前で、お城に住んでいるんだって——お城はふたつか三つあるらしいけど。亡くなったお父さまはいちばん下の息子だったの。だから、二人のお兄さまたちが亡くならなければ、お父さまは伯爵を継がなくてよかったんだ。それに、お父さまが生きていらしたら、ぼくは伯爵にならずにすんだの。でも、みんな死んでしまったから、男の子はぼくしか残っていない。だから、ぼくが伯爵になるしかないんだって。おじいさまはぼくをイギリスに連れて来るように、お迎えを寄越したんだよ」

ホッブズさんは頭に血が上ったのか、暑くてたまらなかった。額や頭の禿《は》げた部分の汗をぬぐい、荒い息をついた。とんでもないことが起きた、ということだけはようやくわかってきた。しかし、ビスケットの樽にすわっている男の子を見ると、天真爛《らん》漫《まん》なあどけない目に心配そうな表情を浮かべているものの、きのうとまったく変わっていなかった。相変わらずきれいな顔立ちで、明るくて元気いっぱいで、黒地の上下の服の襟元に赤いリボンを結んでいる。だから、セドリックが貴族になったという知らせには困惑するばかりだった。おまけに、セドリックがその知らせを単刀直入にさらりと告げたうえ、それがどんなに途方もないことかを認識していないらしいことにも、ホッブズさんはとまどっていた。

「ええと――きみの名前は何だって言ってたかな？」ホッブズさんはたずねた。

「セドリック・エロル、フォントルロイ卿《きょう》」セドリックは答えた。「ハヴィシャムさんはそう呼んだんだ。ぼくが部屋に入っていくとね、『では、こちらが小公子であらせられるフォントルロイ卿でいらっしゃるのですね』って」

「いやあ、おったまげた！」

これはとても驚いたり興奮したりしたときにホッブズさんが口にする決まり文句だった。こんな不可解なことが起きて、それ以外の言葉が思い浮かばなかったのだ。

セドリックは、それをこの場にまさにふさわしい言葉だと感じた。彼は心からホッブズさんを尊敬し慕っていたので、彼のこういう言葉遣いにあこがれ、心服していた。

セドリックは社会との関わりがまだほとんどなかったので、ホッブズさんがときどき世間では眉《まゆ》をひそめられるような言葉を使うことに気づいていなかった。もちろん、母の言葉遣いとはちがうとわかっていたが、母は女性だったし、女性は男性とは常にちがう話し方をすると考えていた。

　セドリックは残念そうな顔でホッブズさんを見た。

「イギリスってとても遠いんだよね？」セドリックはたずねた。

「大西洋《たいせいよう》の向こうだからね」ホッブズさんは答えた。

「それが嫌でたまらないんだ。もしかしたらホッブズさんと長い間会えないかもしれない。そんなこと、考えるのも嫌だよ」

「親友にも別れはつきものだからな」

「だけど、ぼくたち、とっても長い間友達だったよね？」

「生まれてすぐからだね。きみがこの通りを初めて乳母車で散歩したのは生まれて六週間後だったな」

「ああ」セドリックはため息をついた。「そのときは伯爵になるなんて、思ってもみなかったよ！」

「なあ、どうにか伯爵にならずにすむ方法はないのかい？」

「残念だけどなさそうなの。それに、お父さまがいたらそうお望みになっただろうって、お母さまが言うんだ。だけど、伯爵になるんなら、ひとつだけできることがある。ぼく、いい伯爵になろうと思っているんだ。暴君にはなりたくないな。それに、イギリスとアメリカがまた戦争を始めそうだったら、ぼく、それを止めるつもりだよ」

　セドリックはホッブズさんと長いこと真剣に話し合った。最初のショックがおさまると、ホッブズさんの恨みがましい気持ちはあらかた消えていた。彼はこの事情をあきらめて受け入れようと努力し、話が終わるまでの間にさまざまな質問をした。だがセドリックはそのほとんどに答えられなかったので、結局ホッブズさんが自分で質問に答えることになった。あげくに伯爵や侯爵や貴族の地所について熱心に語りはじめ、さまざまなことに自己流の説明をつけた。おそらくハヴィシャム氏が聞いていたら、ホッブズさんの説明にびっくり仰天しただろう。

　もっとも、ハヴィシャム氏を驚かせたことはたくさんあった。彼は生まれてからずっとイギリスで暮らしていたので、アメリカ人にもアメリカの習慣にも慣れていなかったのだ。四十年近くドリンコート伯爵家に弁護士として仕えてきたので、その広大な地所と莫大《ばくだい》な富と格式のある家柄については熟知している。だから、あくまで冷静かつ職業的な見地からだったが、将来そのすべてを継承してドリンコート伯爵となる、この男の子に興味を覚えていた。ハヴィシャム氏は老伯爵が上の二人の息子にいたく失望していたことも、エロル大尉がアメリカで結婚したことで激怒したことも知っていた。さらに伯爵がやさしい夫人をいまだに忌み嫌い、彼女のこととなると、悪意のこもった冷酷な言葉で罵《ののし》るのを目の当たりにしてきた。あの女は卑しいアメリカ娘で、エロル大尉が伯爵の息子だと知ったので、結婚するように罠《わな》にかけたのだ、と伯爵は息巻いたものだ。老弁護士も、おそらくそんな事情だったのだろうと想像している。これまで利己的で欲得ずくの人間なら数えきれないほど見てきたし、アメリカ人のことはあまり評価していなかった。二人乗り馬車がうらぶれた通りに曲がりこみ、安っぽい小さな家の前に停まったとき、ハヴィシャム氏はまさに衝撃を受けた。ドリンコート城とウィンダム・タワーズとチョールワースをはじめ、その他の広大で見事な領地を、将来、受け継ぐ人間が、角に食料品店があるような通りの質素な家で生まれ育ったというのは、考えただけでぞっとすることに思えた。どんな子供なのだろう、どんな母親なのだろうと、ハヴィシャム氏は不安になった。できたら二人と会いたくない気持ちだった。自分が長年にわたって法的業務を引き受けてきた高貴なドリンコート伯爵家に対して、ハヴィシャム氏は一種の誇りを抱いていた。だから、これから話し合う女性が下品で欲張りで、亡き夫の国やその高貴な名前を尊重しようともしない人間だったら、非常に腹立たしく感じるだろう。ハヴィシャム氏は冷徹で有能な一介の老弁護士にすぎなかったが、とても古く、由緒ある一族に対して、心からの敬意を払っていたのだ。

メアリに狭い客間に案内されると、ハヴィシャム氏は品定めするように部屋を見回した。つつましい家具が置かれていたが、居心地はよさそうだ。安っぽくて品のない装飾品やけばけばしい絵はひとつもなかった。壁にかけられたわずかな装飾品は趣味がよく、女性の手作りらしい美しいものがたくさん置かれている。

「今のところ、それほど悪くないな」ハヴィシャム氏は心の中で思った。「おそらく大尉の好みが反映されたのだろうが」しかし、エロル夫人が部屋に入ってくると、これらは多少とも夫人自身の趣味にちがいない、と考え直した。ハヴィシャム氏は自制心の強い堅苦しい老紳士だったが、そうでなかったら、エロル夫人を見て胸が躍っただろう。エロル夫人はほっそりした体にぴったり合った簡素な黒い服を着ていて、七つの男の子の母親というよりも、まだうら若い娘のように見えた。若々しいきれいな顔は悲しみに陰り、大きな茶色の瞳《ひとみ》はとても純真で傷つきやすそうだ。その憂いに満ちた表情は、夫が死んで以来、ずっとそこに宿っているのだった。セドリックはそういう表情にすっかり慣れっこになっていた。その悲哀が消えるのは、セドリックといっしょに遊んでいるか話をしているときに、彼がとても大人びたことを言ったり、新聞やホッブズさんから仕入れたむずかしい言葉を口にしたりするときだけだった。セドリックはむずかしい言葉を使うのが好きだったし、そうすると母が笑うのでうれしかった。ただ、どうしてみんなに笑われるのかはさっぱりわからなかった。セドリックの方は真剣そのものだったのだから。ハヴィシャム氏は弁護士としての経験から、人の性格を鋭く見抜くのが得意だった。セドリックの母親をひと目見たとたん、老伯爵が夫人をお金目当ての下品な女だと考えているのは大きなまちがいだと気づいた。ハヴィシャム氏は一度も結婚したことがなく、恋をしたこともなかったが、やさしい声と悲しげな目をした、この愛らしく若い女性がエロル大尉と結婚したのは、心の底から大尉を愛したからに他ならないと悟った。伯爵の息子という地位を利用しようとはみじんも考えなかったのだ。というわけで、この女性相手なら、そうてこずらないだろう、と推測した。それに、おそらくフォントルロイ卿も、高貴な一族の名を汚すことはないだろう。大尉はハンサムだったし、若い母親はとても美しいから、息子も見てくれはいいはずだ。

どういう用件でやって来たかをエロル夫人に話すと、彼女はさっと青ざめた。

「まあ、あの子をわたしからおとりあげになるのですか？　わたしたち、こんなに愛し合っていますのに。あの子はわたしにとって幸せそのものなんです！　あの子はわたしのすべてです。わたしはよい母親になれるように、ずっと努力してまいりました」やさしい声は震え、目に涙があふれた。「あの子がわたしにとって、どんなに大切な存在か、あなたにはおわかりにならないんです！」

弁護士は咳払《せきばら》いした。

「まことに申し上げにくいのですが、ドリンコート伯爵はあなたのことをあまりよく思っていらっしゃらないのです。高齢ですし、偏見も大変に強くていらっしゃる。もともとアメリカとアメリカ人を忌み嫌っておいでだったので、息子さんの結婚には非常にご立腹でした。このように不愉快なことをお伝えする役目は心苦しいのですが、伯爵はあなたには決して会わないと固く心に決めておいでです。フォントルロイ卿《きょう》は伯爵ご自身の監督の下で教育をお受けになるでしょう。つまり、伯爵といっしょに暮らすことになります。伯爵はドリンコート城を大変にお気に召しておられるので、たいてい城でお過ごしです。ロンドンがお嫌いだということもありますが、痛風で関節がお痛みになるからです。したがって、フォントルロイ卿はおもにドリンコート城で暮らすことになるでしょう。伯爵はあなたのお住まいとして、コート・ロッジ邸を提供なさるおつもりです。快適な環境に建ち、城からも遠くありません。さらに不自由なく暮らせるだけのお手当も差し上げるおつもりです。フォントルロイ卿はいつでもあなたをお訪ねすることができるでしょう。ただし、ひとつだけ条件があり、あなたの方からフォントルロイ卿を訪ねたり、城の門から入ったりすることはできません。でも、ご子息と完全に離ればなれになるわけではありませんし、これならさほどおつらくないのではと存じます――もっと苛酷《かこく》な条件になった可能性もあるのですから。そうしたすばらしい環境でお過ごしになり、教育をお受けになることで、フォントルロイ卿が得るものは計り知れないほど大きい。そのことは、あなたにもおわかりのはずです」

エロル夫人が泣きだしたり騒いだりするのではと、ハヴィシャム氏は少し不安だった。女性というのは、よくそういう行動に出るものだ。ハヴィシャム氏は女性が泣くのを目の当たりにすると、いつも途方に暮れ、いらだたしく感じた。

しかし、エロル夫人は泣かなかった。ただ窓辺に歩いていき、こちらに顔をそむけてしばらく立っていた。気持ちを落ち着かせようとしているのだと、ハヴィシャム氏にはわかった。

「エロル大尉はドリンコート城をとても愛していました」ようやく言葉を発した。「イギリスも愛していましたし、イギリスのものすべてを愛していたんです。故郷に帰れないことをずっと悲しんでいました。夫は故郷のことも、家名のことも誇りにしていました。生きていれば、きっと――ええ、わたしにはわかっております――息子に美しい由緒ある土地や屋敷を知ってもらいたい、そして将来の身分にふさわしい教育を受けさせたい、と願ったことでしょう」

それからエロル夫人はテーブルに戻ってきて、ハヴィシャム氏をとても穏やかなまなざしで見上げた。

「夫はそう望んだはずですわ。幼い息子にとって、それがいちばんいいことだからです。それに——伯爵さまはあの子がわたしを愛さないように仕向けるほど無慈悲なお方ではないと信じております。それに、たとえそうなさろうとしても、息子は父親にそっくりですから、簡単に気持ちを変えるようなことはありませんわ。温かくて誠実な人柄で、真心のある子なのです。たとえ会えなくても、わたしを愛してくれるでしょう。でも、あの子といつでも会えるとおっしゃるのですから、さほど苦しい思いはせずにすみそうです」

「この女性は自分のことはほとんど考えていないようだ」と弁護士は心の中で思った。「自分のためには何も条件を出そうとしない」

「奥さま」声に出してはこう言った。「ご子息に対するお心遣いには感銘を受けております。フォントルロイ卿が成人されたあかつきには、母上に感謝することでしょう。フォントルロイ卿が大切に守り育てられ、その幸せのためにあらゆる努力が払われることは、わたしが保証いたします。ドリンコート伯爵はあなたに劣らず、フォントルロイ卿が何不自由なく幸せにお暮らしになることを願っておいでのはずです」

「ああ、本当に」やさしい母親の声は少しかすれていた。「おじいさまがセディを愛してくださるといいのですけれど。息子はとても愛情深い性格なのです。ですから、みんなに愛されて大きくなりました」

ハヴィシャム氏はまた咳払いした。痛風病みでひどい癇癪《かんしゃく》持ちの老伯爵が誰かを愛するとは想像できなかったのだ。しかし、いずれ自分の跡継ぎになる子供に親切にしておけば、自分にとって得策だということは、気短な伯爵とてわきまえているはずだ。おまけに、もしもフォントルロイ卿が伯爵家にとって名誉になるような子供だったら、伯爵は孫を自慢に思うだろう。

「フォントルロイ卿は居心地よく過ごされるでしょう、お約束します」弁護士は答えた。「あなたがご子息のすぐそばに住み、頻繁にお会いになれるように伯爵が手配されたのは、フォントルロイ卿の幸せをお考えになってのことなのです」

伯爵が使った言葉をそのまま繰り返すのは賢明ではないだろう、とハヴィシャム氏は気転をきかせた。なにしろ実に失礼でぶしつけな物言いだったからだ。

そこでハヴィシャム氏は、自分が仕える伯爵の提案をずっと穏やかで礼儀正しい表現にして伝えたのだった。

エロル夫人がメアリに息子を探して連れてくるように命じ、メアリが彼の居所を報告したとき、ハヴィシャム氏はまたもちょっとした衝撃を受けた。

「坊ちゃまなら、すぐ見つかりますですよ、奥さま。今はホッブズさんのところにいるに決まってます。カウンターのわきのスツールにすわって、政治についてぺちゃくちゃしゃべってるか、石鹸《せっけん》や蠟燭《ろうそく》やジャガイモに囲まれて、かわいらしいお顔で、そりゃもう、お利口さんに遊んでるかですよ」

「ホッブズさんはあの子が生まれたときからの知り合いなんです」エロル夫人は弁護士に説明した。「セディにとてもよくしてくれまして、二人は固い友情で結ばれています」

ここに来る途中で見かけた店のことを思い出した。樽《たる》に入ったジャガイモやリンゴ、それにさまざまな品がごたごたと置かれていた様子が目に浮かび、ハヴィシャム氏はまたもや不安になってきた。イギリスでは名家の子息は食料品店の主人と友人になることはないので、ハヴィシャム氏にとって、それは突拍子もないことに思えた。跡継ぎになる子供のマナーが悪く、育ちの悪い連中たちとつきあいたがるようだと、大変に困ったことだ。上の息子たちが粗野な乱暴者たちと交際したがったことを、老伯爵はこのうえなく不面目な屈辱として受け止めていた。この少年が父親のりっぱな資質ではなく、伯父《おじ》たちの悪い習癖を受け継いでいたらどうしよう？

エロル夫人と話しながら、そんなふうに気をもんでいたときに子供が部屋に入ってきたものだから、ドアが開いても、ハヴィシャム氏はセドリックに視線を向けるのを一瞬躊躇《ちゅうちょ》したほどだった。だが、母親の腕に飛びこんできた少年を見たとたん、ハヴィシャム氏の胸に経験したこともないような興奮が湧き上がった。そんなことを知ったら、常に冷静な彼を知る人たちは、びっくりして目を回したかもしれない。ハヴィシャム氏は気持ちが高ぶり、とてもわくわくした。ひと目で、これまで見たこともないほど品があってきれいな子供だとわかったのだ。目を奪われるほどの美しさだった。力強くしなやかで優雅な体つき、男の子らしい小さな顔。幼い頭をぐいと上げ、とてもりりしく振る舞っている。驚くほど父親にそっくりで、父親譲りの金髪と母親譲りの茶色の目をしている。ただし、その目からは悲しみや臆病《おくびょう》さはまったく感じられなかった。無邪気で恐れを知らない目だった。生まれてこのかた、一度も恐れたり、疑ったりしたことがないかのように見えた。

「こんなに育ちがよくてきれいな子供は見たことがない」とハヴィシャム氏は心で思った。ただ、その思いは言葉に出さず、簡潔にこう述べた。「では、こちらが小公子であらせられるフォントルロイ卿でいらっしゃるのですね」

その後、セドリックと会えば会うほど、ハヴィシャム氏の驚きは大きくなっていった。彼は子供のことはほとんど知らなかった。もちろん、イギリスでたくさんの子供を見ていたし、上品で顔立ちのいい薔薇《ばら》色の頬をした少年少女たちは、家庭教師たちに厳しく仕込まれていて、ときにははにかんだり、ときには少し騒がしかったりした。しかし、四角四面の堅苦しい老弁護士にとって、子供はちっともおもしろい存在ではなかった。セドリックの今後の生き方に関わっているせいで、ハヴィシャム氏は他の子供とは異なり強い興味を抱いたのかもしれない。しかし理由は何であれ、いつのまにかハヴィシャム氏はセドリックに深い関心を向けるようになっていた。

最初のとき、セドリックは自分が観察されているのに気づかず、ふだんどおり、のびのびと振る舞った。紹介されると、いつものように親しみをこめてハヴィシャム氏と握手をした。それから、ホッブズさんに答えるときと同じ、はきはきとした口調で、口ごもることもなく、あらゆる質問にきちんと答えた。セドリックは内気でもなく図々《ずうずう》しくもなく、ハヴィシャム氏が母親と話しているときは、まるで大人のように二人の会話に興味津々で耳を傾けているのだった。

「ご子息は小さいのに、とても大人びているようですな」ハヴィシャム氏はエロル夫人に言った。

「たしかにそうですわね、いくつかの点では。どんなことでも覚えが早いんです。それに、ずっと大人と暮らしてきたせいもあるでしょう。本で読んだり誰かが口にするのを小耳にはさんだりした長い単語やむずかしい表現を、自分でも使いたがるおかしな癖があるんです。でも、子供らしい遊びも大好きですのよ。どちらかと言えば賢いと思いますけど、ときにはとても子供っぽい一面も見せますわ」

ハヴィシャム氏が次にセドリックに会ったとき、子供っぽい一面があるという母親の意見は本当だと納得した。ハヴィシャム氏の二人乗り馬車が角を曲がったとき、小さな男の子が集まって、わいわい騒いでいるのが見えた。どうやら二人の男の子がこれからかけっこをするところで、その一人が未来の伯爵、フォントルロイ卿《きょう》だった。

セドリックは叫んだりわめいたり、仲間に劣らず興奮を抑えきれない様子だった。彼はもう一人の子と並んで立つと、赤いタイツをはいた脚を一歩前に出してかまえた。

「位置について！」スタート係が叫んだ。「よーい、どんっ！」

ハヴィシャム氏はこれまで感じたことのないような興味がわいてきて、馬車の窓から身を乗り出した。スタートの合図が出されたとたん、セドリックの半ズボンをはいた赤いタイツの脚は地面を蹴《け》って、飛ぶように走りはじめた。ハヴィシャム氏はこれほど見事に走る子供は見たことがなかった。小さな拳《こぶし》をぎゅっと握りしめ、顔に風を受け、金色のまばゆい髪をなびかせて走っていく。

「フレー、フレー、セディ・エロル！」少年全員が叫び、跳ね回りながら甲高い声援を送った。「フレー、フレー、ビリー・ウィリアムズ！　フレー、セディ！　フレー、ビリー！　がんばれ！　がんばれ！」

「きっとフォントルロイ卿が勝つにちがいない」ハヴィシャム氏はつぶやいた。赤い脚が疾風のように走り抜けていき、少年たちの声援が響く。ビリー・ウィリアムズの茶色のタイツもなかなかあなどれず、赤い脚を猛追していく様子を見ていると、ハヴィシャム氏まで興奮してきた。「どうか、どうかフォントルロイ卿が勝ちますように！」思わず口走ってしまい、咳払《せきばら》いをしてごまかした。

そのとき、跳んだり跳ねたりしていた少年たちの間からひときわ高い歓声が上がった。未来のドリンコート伯爵ががむしゃらに走りこんできて、ゴールである通りのはずれの街灯にタッチしたのだ。その二秒後、ビリー・ウィリアムズが息を切らしながらゴールした。

「セディ・エロルの勝利だ！」男の子たちは叫んだ。「やったね、セディ・エロル！」

ハヴィシャム氏は馬車の窓から頭をひっこめ、干からびた顔に笑みを浮かべた。

「ブラボー、フォントルロイ卿！」彼はそっとつぶやいた。

二人乗り馬車がエロル夫人の家の戸口に着いたとき、勝者と敗者がにぎやかな仲間たちを引き連れて近づいてきた。セドリックはビリーと並んで歩きながら、しゃべっていた。高揚したかわいらしい顔は真っ赤になり、巻毛は汗で湿って火照《ほて》った額に貼りつき、両手をポケットに突っ込んでいる。

「ねえ、ぼくが勝ったのは、ぼくの脚の方がきみの脚よりもちょっぴり長かったせいだと思うんだ。そうに決まってるよ。なにしろ、ぼくはきみよりも三日早く生まれてるんだもの。だから、有利だったんだ。三日分、年上だからね」

そして、その説明にビリーはとても元気づけられたようで、また笑顔を取り戻し、レースに負けたのではなく勝ったかのように胸を張って歩きはじめた。セドリックはどうやら相手をいい気持ちにさせるコツを心得ているようだった。勝利の歓喜を味わいつつも、負けた相手は自分とはちがいしょげているだろう、別の状況であれば勝者になれたと思いたいだろう、と察したのだ。

　その朝、ハヴィシャム氏はレースの勝者と長い会話をした。その会話の途中、ハヴィシャム氏は干からびた顔につい何度か笑みを浮かべてしまい、そのたびに骨張った手で顎《あご》をこすった。

　用があってエロル夫人が客間から出ていくと、弁護士とセドリックは二人きりで残された。最初のうちハヴィシャム氏はこの小さな男の子相手に何をしゃべったらいいのだろう、と悩んだ。やがて、祖父の伯爵に会う心の準備をさせ、それによって大きな変化が起きることを伝えておくのがよかろう、と考えた。セドリックはイギリスに着いたときにどんなものを目にするのか、まったくわかっていないように思えたのだ。そもそも自分を待っている城がどんな場所かも知らなかった。母といっしょの家で暮らせないことすら、まだ伝えていなかった。最初の驚きが落ち着いてから話す方がいいだろう、ということになったからだ。

　ハヴィシャム氏は開いた窓辺に置かれた肘《ひじ》掛《か》け椅子にすわっていた。それより大きな向かいの椅子にはセドリックがすわり、ハヴィシャム氏を見つめている。セドリックは大きな座席に深くすわり、巻毛の頭をクッションつきの背もたれに預け、脚を組んで両手をポケットに深く突っ込んでいた。それはホッブズさんにそっくりの格好だった。母が部屋にいたとき、セドリックはハヴィシャム氏を考えこむように見つめていたが、母がいなくなっても、相変わらず尊敬のこもったまなざしを弁護士に向けていた。エロル夫人が出ていったあと、部屋はしんと静かになった。セドリックはハヴィシャム氏を観察しているようだ。当然、ハヴィシャム氏の方もセドリックを観察しながら、レースに勝った男の子に自分のような年配紳士はどう声をかけるべきだろう、と悩んでいた。目の前の男の子は半ズボンに赤いタイツをはき、大きな椅子に深くすわっているせいで脚が床に届かず、椅子の端からぶらぶらさせている。

　だが、いきなりセドリックが自分からしゃべり始めたので、ハヴィシャム氏はほっとした。

「あの、ぼく、伯爵ってどういうものか何も知らないんです」

「ご存じないのですか？」ハヴィシャム氏はたずねた。

「ええ。だから、将来、伯爵になる子はそういうことを知っておかなくちゃいけないと思うんです。そうでしょう？」

「まあ、そうですね」ハヴィシャム氏は答えた。

「よかったら」とセドリックは丁寧に頼んだ。「ぼくに〝カイセチ〟していただけませんか？（むずかしい言葉を使うとき、正しく発音できないことがあった）どうしたら伯爵になれるんですか？」

「そもそも、王さまや女王さまから伯爵の称号を与えられるのです。一般的には王さまや女王さまにお仕えしたり、何かすばらしいおこないをしたときです」

「わあ、それって大統領みたいですね」

「そうなのですか？　アメリカの大統領はそういう理由で選ばれるのですか？」

「そうですよ」セドリックは楽しげに答えた。「とてもいい人で、いろいろなことを知っていると、大統領に選ばれるんです。みんな、松明《たいまつ》を持って行進したり、バンド演奏をしたり、スピーチをしたりするんです。ぼく、これまで大統領になりたいって考えることはよくあったけど、伯爵になることは考えてもみませんでした。だって伯爵のことは何も知らなかったから」セドリックは急いでつけ加えた。伯爵になりたくないなんて無礼だ、とハヴィシャム氏が気を悪くするといけないと思ったのだ。「伯爵のことを知っていたら、きっとなってみたいと思いましたよ」

「伯爵になるのは、大統領になるのとはかなりちがうのです」ハヴィシャム氏は言った。

「そうなんですか？　どういうふうに？　松明行進はないんですか？」

ハヴィシャム氏も脚を組むと、考えこむように両手の指先を山型にして合わせた。そろそろ、事情をもっとはっきりと説明する頃合いだと考えたようだ。

「伯爵というのは――大変な重要人物です」ハヴィシャム氏は話し始めた。

「大統領もですよ！」セドリックが口をはさんだ。「松明行進は八キロも続くし、花火も打ち上げるし、音楽隊の演奏もあるんです！　ホップズさんが見物に連れていってくれたんです」

「伯爵は」といささか劣勢に立たされているような気がしながら、ハヴィシャム氏は先を続けた。「たいてい、大変に由緒ある家柄でして――」

「それ、何ですか？」セドリックが質問した。

「とても古い一族のことです――長い伝統があるのです」

「ああそうか」セドリックは両手をさらに深くポケットに突っ込んだ。「公園の近くのリンゴ売りのおばあさんみたいなんですね。彼女は絶対に古いイエガラですよ。とても年とってるから、どうやって立っているのか不思議なほどなんです。きっと百歳ぐらいだと思うな。だけど、雨が降っても、あそこにいるんです。ぼく、おばあさんが気の毒でならないんです。他の子たちもですよ。ビリー・ウィリアムズが一ドルぐらい手に入れたとき、頼んだんです。そのお金がなくなるまで、毎日五セント分のリンゴをおばあさんから買ってあげてって。そうしたら二十日間、買えるでしょ。だけど、ビリーは一週間したらリンゴに飽きちゃって。だけど、ぼく、すっごくついていて、ある紳士から五十セントもらったんですよ。で、ビリーの代わりに、おばあさんからリンゴを買ったんです。そんなに貧しくて、とっても古いイエガラの人は気の毒ですよね。おばあさんは古いイエガラが骨まで入っちゃって、雨の日はよけいに骨が痛むって言ってます」

ハヴィシャム氏は途方に暮れて、目の前の無邪気で真剣なかわいらしい顔を見つめた。

「どうやら、ちゃんと理解されていないようですね」ハヴィシャム氏は言った。「わたしが申し上げた『由緒ある家柄』というのは、高齢のことではありません。その一族の名前は昔から世間でよく知られている、という意味です。おそらく何百年も前からその一族の人々は有名で、その国の歴史で語られてきたのです」

「ジョージ・ワシントンみたいですね。小さなときからワシントンのことは話に聞いています。ぼくが生まれるずっとずっと前から、有名だったんですよ。ジョージ・ワシントンが忘れられることは絶対にない、ってホッブズさんは言ってます。独立宣言とか独立記念日とかがありますからね。とっても勇敢な人だったんですって」

「初代のドリンコート伯爵は」とハヴィシャム氏は重々しく告げた。「四百年前に伯爵に叙せられたのです」

「わあ、すごい！」セドリックは言った。「ずいぶん昔のことなんですね！　お母さまにそれを話していただけましたか？　お母さまはとっても興味を持ちますよ。戻ってきたら話してあげましょう。お母さまは珍しい話を聞くのが大好きなんです。それで、伯爵になると何をするんですか？」

「多くの伯爵はイギリスを治めるのを手伝ってきました。昔の大きな戦いで活躍した勇敢な伯爵もいますよ」

「ぼくも戦ってみたいな。お父さまは兵士だったんです。とても勇気のある人だったんですよ。ジョージ・ワシントンに負けないぐらい。生きていたら伯爵になっていたかもしれないっていうのは、だからなんですね。伯爵が勇敢でうれしいです。すごくりっぱなことですよね、勇気があるって。ぼく、もっと小さい頃はいろいろなことが怖かったんです——暗いところとか。でも、独立戦争で戦った兵隊さんとか、ジョージ・ワシントンのことを考えたら、怖くなくなりました」

「伯爵になると、他にもいいことがあります」ハヴィシャム氏はゆっくりと言葉を口にしながら、興味津々で話に耳を傾けている男の子の顔に鋭い視線を注いだ。「大金持ちの伯爵もいるのです」

幼いこの子がお金の力を知っているのかどうか、ハヴィシャム氏は関心があった。

「お金があるのはいいことですね」セドリックは天真爛漫《らんまん》に応じた。「ぼく、たくさんお金があればいいなあと思います」

「ほう、そうですか？　なぜですか？」

「だってね」セドリックは説明した。「お金があればたくさんのことができるからですよ。ほら、リンゴ売りのおばあさん。お金持ちだったら、おばあさんの屋台が入る小さなテントを買ってあげたいんです。それに小さなストーブも。それから、雨降りの日は毎朝一ドルあげたいの。そうしたら仕事に行かずに、おうちにいられるでしょう？　それから——そうだ！　ショールもあげます。だって、暖かくしてれば骨もそんなにひどく痛みませんからね。おばあさんの骨は、ぼくたちの骨とちがうんですよ。動くと痛むんですって。骨が痛んだらすごくつらいですよね。ぼくがお金持ちで、おばあさんのためにそういうことができたら、きっと骨もよくなるんじゃないかと思うんです」

「エヘン！」言葉に詰まってハヴィシャム氏は咳払《せきばら》いした。「他にはどうですか、もしお金持ちだったらやりたいことは？」

「ああ、いっぱいやりたいことがありますよ。もちろん、お母さまに美しいものをいろいろ買ってあげたいな。針刺しとか扇とか金の指ぬきとか指輪とか。それに百科事典も。そうそう馬車もです。だって、馬車があれば乗合馬車を待たなくていいですからね。ピンクのシルクのドレスがほしければ買ってあげたいけど、お母さまは黒いドレスがいちばん好きなんです。だけど、ぼく、お母さまを大きなお店に連れていって、自分で見て回って好きなのを選んでって言います。それからディックですけど——」

「ディックというのはどなたですか？」ハヴィシャム氏はたずねた。

「ディックは靴磨きなんです」未来の伯爵は、とても楽しい計画にすっかり夢中になっているようだった。「最高にすばらしい靴磨きなんですよ。下町でいつも通りの角に立っています。もうずっと前から知り合いなんですよ。ぼくがまだとっても小さかったとき、お母さまといっしょに出かけて、よくはずむきれいなボールを買ってもらったんです。それを抱えて歩いていたら、通りの真ん中にポンポンはずんでいっちゃって。馬車や馬がどんどん走って来るし、ぼく、悲しくて泣きだしちゃった――まだ、とっても小さかったから。キルトをはいてた頃です。そうしたら、ディックはちょうど靴を磨いているところだったのに、『まかせとけ！』って叫んで、馬の間に飛びこんでいってボールを拾うと、自分の上着できれいにふいてから、こう言って渡してくれたんです。『ほら無事だったよ、坊ちゃん』お母さまはすっかり感心してしまい、ぼくもすごいなあと思いました。それがきっかけで、下町に行くと話をするようになったんです。ディックは『やあ！』って声をかけてくれ、ぼくも『やあ！』って挨拶《あいさつ》するんです。それからちょっとおしゃべりして、ディックは商売のことを話してくれます。最近は景気が悪いんですって」

「それで、ディックには何をしてあげたいのですか？」弁護士は顎《あご》をなで、ひきつったような笑みを浮かべながらたずねた。

「そうですね」セドリックは仕事の話をするかのように椅子にすわり直した。「ジェイクにお金をあげて話をつけます」

「ええと、そのジェイクというのはどなたなんですか？」

「ディックの相棒です。だけど、『あきれけえるぐれえひでえ相棒だ!』ってディックはぼやいています。仕事をちゃんとやらないし、正直じゃないんです。ごまかしをするもんだから、ディックはかんかんです。怒るのも無理ないですよね。だって、自分は一生懸命に靴磨きをして、いつも真面目にやってるのに、相棒がずるいことばっかりするんですから。ディックはみんなに好かれているけど、ジェイクはそうじゃないんです。そのせいで、お客さんがそれっきり来ないことがあるんですよ。だからぼくがお金持ちだったら、ジェイクにお金をあげて追い払ってから、ディックに〝すっげえ〟看板を買ってあげます。〝すっげえ〟看板だと、お客さんがたくさん集まってくるんですって。新しい服と新しいブラシも買って、もう一度、りっぱに出直しさせてあげたいんです。『ちゃんと店をやり直してえなあ』ってディックはいつも言っているんですよ」

セドリックの話しぶりときたら、このうえなく純真で人を疑うことを知らず、ディックの下町言葉も悪い言葉だとは思いもせずに、そっくりそのまま真似していた。年配の弁護士が、自分と同じくディックの話をおもしろがっていることを爪の先ほども疑っていないようだ。実際、ハヴィシャム氏はおおいに関心をかきたてられていた。ただし、ディックやリンゴ売りのおばあさんにではなく、小さな金色の巻毛の頭を友人たちにしてあげたい親切な計画でいっぱいにして、自分のことなどすっかり忘れているらしい、この男の子に興味を抱いたのだった。

「お金持ちになったら、自分のために何かしたいことはありますか？」ハヴィシャム氏はたずねた。

「たくさんありますよ」セドリックははきはきと答えた。「でも、まずメアリにお金をあげたいです、ブリジェットのためにね——メアリの妹さんなんですけど、十二人も子供がいて、旦那《だんな》さんの仕事がなくなっちゃったんですって。いつもここに来て泣いているんで、お母さまがかごにいろいろ詰めてあげるんです。そうしたらまた泣いて、『どうか神さまの祝福を、美しい奥方さま』ってお礼を言って帰っていくんですって。それからホッブズさんに、ぼくを思い出してもらうために鎖つきの金時計をあげたいな。それに海泡石《かいほうせき》のパイプもね。あとは、少年団を作りたいんです」

「少年団ですと！」ハヴィシャム氏はびっくりした。

「共和党の集会みたいなやつです」セドリックは目を輝かせながら説明した。「少年たちに松明《たいまつ》を持たせて、制服を着せるんですよ、もちろん、ぼくもね。それで行進したり、訓練したりする。お金持ちだったら、そういうのをやってみたいです」

ドアが開いて、エロル夫人が入ってきた。

「用事ができたもので、すっかりお待たせしてすみませんでした」エロル夫人はハヴィシャム氏に謝った。「でも、生活が苦しくて、困窮している女性が会いに来たものですから」

「坊ちゃまのお話をうかがっていました」とハヴィシャム氏は言った。「ご友人方のことや、お金持ちになったら何をするおつもりかについて、いろいろと」

「あら、ブリジェットも友人の一人なんですよ」エロル夫人は言った。「わたしが台所で話していたのは、そのブリジェットだったんですの。ご主人のマイケルがリウマチ熱にかかってしまい、とても困っているんです」

　セドリックは大きな椅子から滑り下りた。

「ぼく、ブリジェットに会ってくるよ。で、旦那さんの具合を聞いてくる。元気なときに、とてもよくしてもらったんです。木刀をこしらえてもらったことがあります。とても手先が器用なんです」

　セドリックは部屋から走り出ていき、ハヴィシャム氏は椅子から立ち上がった。何か話したそうなそぶりだった。少したためらってから、エロル夫人を見下ろしながら口を開いた。

「ドリンコート城を出発する前に、伯爵とお会いしたのですが、そのときにいくつかご指示をいただきました。フォントルロイ卿《きょう》がイギリスでの将来の生活や、伯爵とお会いになることを楽しみだと感じるようにしてほしい、と強くご希望でした。生活が変わることによって、お金や、子供が喜ぶようなお楽しみが惜しみなく与えられる、とフォントルロイ卿にぜひとも理解していただくようにと。もしもフォントルロイ卿に何か望みがあれば、わたしがかなえてさしあげ、おじいさまのおかげでそれが実現したのだ、ということを伝えるようにと。伯爵はこのようなご希望は予期されていなかったと思いますが、フォントルロイ卿がその貧しい女性を助けたいとお思いでしたら、その願いをかなえたく存じます。でないと、伯爵のご不興を買うかと」

今度もハヴィシャム氏は伯爵の言葉をそのまま伝えなかった。実を言うと、伯爵はこう命じたのだった。

「ほしいものは、わしが何でも与えてやれると孫にわからせるんだ。ドリンコート伯爵の孫であることはどんなにすばらしいかを、しっかり子供の頭にたたきこめ。好きなものは何でも買ってやるがいい。ポケットに金をねじこみ、祖父からの贈り物だと言ってやれ」

伯爵の動機は善意とはほど遠く、セドリックのように愛情深く温かい心の持ち主でなかったら、悪影響を及ぼしたかもしれない。しかし、セドリックの母はとてもやさしい人だったので、隠された意図があるとは疑いもしなかった。おそらく、息子たちを相次いで失った孤独で不幸せな老人が、孫を喜ばせることで、その愛情と信頼を手に入れたがっているのだろう、と推測した。それにセドリックがブリジェットを助けてあげられると思うと、エロル夫人はとてもうれしかった。小さな息子に降りかかった不思議な運命のおかげで、さっそく助力を必要としている人たちに親切なおこないができる、そう思うと、エロル夫人はさらに幸せな気持ちになった。彼女のきれいな若い顔はピンク色にほんのり上気した。

「まあ、伯爵さまは、なんてご親切なのでしょう。セドリックはとても喜びますわ！　あの子はブリジェットとマイケルのことが大好きなんです。二人とも、とてもいい人なんですよ。日頃から、もっと助けてあげられればいいのにと思っておりました。マイケルは病気になる前はとても働き者だったのですけど、なかなか回復せず、高価なお薬や暖かい服や栄養のある食べ物を買うのもままならないんですの。あの夫婦は、いただいたお金を決してむだにしないでしょう」

ハヴィシャム氏は骨張った手を胸ポケットに入れて、大きな札入れをとりだした。その厳しい顔には妙な表情が浮かんでいた。フォントルロイ卿の最初の望みは何だったかをドリンコート伯爵に報告したら、なんと言うだろう、と考えていたのだ。不機嫌で世俗的で利己的な老貴族は、どう思うだろうと。

「奥さまがご理解していらっしゃるかどうかは存じませんが、ドリンコート伯爵は大変に裕福なのです。どんな気まぐれでもかなえる財力がおありです。フォントルロイ卿がいかなるお楽しみに浪費されても、伯爵は満足なさると存じます。フォントルロイ卿をこちらに呼んでいただければ、その一家に五ポンド差し上げたいと思います」

「五ポンドというと二十五ドルですわ！」エロル夫人は叫んだ。「あの夫婦にとってはひと財産です。まるで夢のようですわ」

「夢ではありませんよ」ハヴィシャム氏は淡々とした笑みを見せた。「ご子息の人生には大きな変化が起きたのです。計り知れない権力がその手に与えられたのですよ」

「まあ」エロル夫人は声をあげた。「でも、あの子はまだあんなに小さいのに——まだほんの子供です。そうした権力の上手な使い方をどうやって教えたらいいのでしょう？　少し怖い気がしますわ。わたしのかわいいセディ！」

弁護士は小さく咳払《せきばら》いした。やさしげな茶色の瞳《ひとみ》に怯《おび》えた表情が浮かぶのを見て、世間ずれし、老いてかたくなになっていた心が動かされたのだ。

「奥さま、わたしは今朝、フォントルロイ卿とずっと話をしていたのですが、未来のドリンコート伯爵は自分だけではなく、他の人のことも思いやっておられるようでした。まだ幼いとはいえ、信頼してよろしいと存じますよ！」

そこで母親はセドリックを迎えに行き、客間に連れてきた。セドリックが部屋に入ってくる前に、母に報告している声が聞こえてきた。

「エンショウセイのリウマチなんだって」セドリックはむずかしい言葉を使って説明していた。「とっても恐ろしいリウマチらしいんだ。それで、家賃が払えないことを気にしていて、それでいっそうエンショウがひどくなるって、ブリジェットが言ってた。息子さんのパットにちゃんとした服があれば、お店で雇ってもらって働けるんだけどって」

部屋に入ってきたとき、セドリックの小さな顔はとても心配そうだった。ブリジェットのことが気の毒でたまらなかったのだ。

「ご用があるとお母さまから聞きましたけど」セドリックはハヴィシャム氏に問いかけた。「今、ブリジェットと話していたんです」

ハヴィシャム氏は一瞬言葉に詰まり、セドリックのことを見つめた。どう切りだしたらいいかわからず、なんだかばつが悪かった。母親が言ったように、セドリックはまだとても小さいのだ。

「ドリンコート伯爵は――」そう言いかけて、思わずエロル夫人を見た。

エロル夫人はいきなり息子のかたわらにひざまずき、子供の体をやさしく抱きしめた。

「セディ。伯爵さまはあなたのおじいさまなの。あなたのお父さまのお父さまなのよ。とてもとてもやさしい方で、あなたを愛していて、あなたにも愛してもらいたいと願っているの。息子さんたちがみんな死んでしまったから。あなたに幸せになってほしいし、他の人たちを幸せにしてほしいと、おじいさまは願っていらっしゃるわ。とてもお金持ちだから、あなたがほしいものはすべて与えたいと考えていらっしゃる。ハヴィシャムさんにそう言いつけて、たくさんのお金を預けてくださったの。そのうちいくらかをブリジェットにあげられるわ。家賃を払って、マイケルに必要なものをすべて買えるように。すてきなことじゃない、セディ？　いいおじいさまね？」そしてエロル夫人は子供のふっくらした頬にキスした。興奮と驚きのあまり、セドリックの頬はみるみるうちに赤くなった。

　セドリックは母親からハヴィシャム氏に視線を移した。

「今、お金をいただけるんですか？」彼は叫んだ。「今すぐブリジェットにあげられるんですか？　もう帰るところなんです」

　ハヴィシャム氏はお金を渡した。きれいな新札で、きちんと巻いてあった。

　セドリックは部屋から飛び出していった。

「ブリジェット！」台所に飛びこんでいって、叫ぶ声が聞こえた。「ブリジェット、ちょっと待って！　ほら、お金をあげる。これで家賃が払えるよ。おじいさまがくださったんだ。これ、ブリジェットとマイケルにって！」

「まあ、セディお坊ちゃま！」ブリジェットはびっくり仰天して叫んだ。「これ、二十五ドルですよ。奥さまはどちらですか？」

「ブリジェットに説明してきた方がよさそうですね」エロル夫人は言った。

　そして夫人も部屋を出ていき、しばらくハヴィシャム氏は部屋で一人きりになった。

彼は窓辺に歩み寄り、考えこみながら通りを眺めた。りっぱで豪奢《ごうしゃ》だが陰気な城の書斎にすわっている老ドリンコート伯爵のことを思った。贅《ぜい》を尽くした壮麗な品々に囲まれながらも、誰にも愛されず、痛風に苦しむ孤独な伯爵。なぜなら長い人生で、自分以外の人間を心から愛したことがなかったからだ。ドリンコート伯爵は利己的でわがまま、傲慢《ごうまん》で短気だった。自分自身とその喜びのことだけで頭がいっぱいで、他人のことを思いやる余裕がなかった。富と権力も、貴族の称号と高い地位から得られる利益も、ドリンコート伯爵を楽しませ、喜びを与えるためだけに使われるべきだと考えているようだった。そして年老いた今、そうした刺激的で放縦な生活のつけが回ってきて健康を害し、痛みにいらだち、世の中を憎むようになっていた。当然、世間も伯爵を憎んでいた。卓越した名家にもかかわらず、ドリンコート伯爵ほど人気のない老貴族はいなかったし、あれほど孤独な貴族もいないだろう。その気になれば、城にあふれんばかりのお客を招待できた。盛大な晩餐《ばんさん》会を開き、豪華な狩りの集いを催すこともできた。しかし、招待を受けた人々が心中ひそかに、老伯爵のしかめっ面や皮肉っぽく辛辣《しんらつ》な言葉を恐れていることを、伯爵は見抜いていた。伯爵は歯に衣を着せずものを言い、意地悪な性格で、相手が繊細だったりプライドが高かったり臆病《おくびょう》だったりすると、機会を逃さず、愚弄《ぐろう》し、なぶり者にして楽しむのだった。

ハヴィシャム氏は伯爵の酷薄で激しい気性をいやというほど知っていた。静かな狭い通りを眺めながら、伯爵の姿を思い浮かべた。やがて、それとは対照的な姿が頭に浮かんだ。大きな椅子にすわり、友人であるディックやリンゴ売りのおばあさんのことを思いやりのある誠実な口ぶりで無邪気に話している、潑剌《はつらつ》として愛らしい小さな姿。さらに莫大《ばくだい》な収入、美しく広大な地所、財産、善にも悪にもなる権力のことを思った。ポケットに深く突っ込んでいるフォントルロイ卿《きょう》のぽっちゃりした小さな手が、いずれそれらすべてを握ることになるのだ。

「大きな変化が起きるだろう」ハヴィシャム氏はひとりごちた。「すべてががらりと変わることだろう」

　まもなくセドリックと母親が戻ってきた。セドリックは上機嫌だった。母と弁護士の間の自分の椅子にすわり、いつものように膝《ひざ》の上に両手を揃え、いかにもお利口そうな姿勢をとった。ブリジェットが安堵《あんど》し大喜びしていたので、セドリックもすっかりうれしくなり顔を輝かせていた。

「ブリジェットは泣いてましたよ！」セドリックは報告した。「うれしくて泣いているんだって言ってました。ぼく、うれしくて泣く人を初めて見ましたよ。おじいさまはとてもいい人にちがいありませんね。そんな親切な方だったなんて、知りませんでした。伯爵になるのは思っていたよりもずっと――楽しいかもしれないな。伯爵になれるのがちょっぴり――ううん、とっても気に入りましたよ」

3 故国を後にして

その後の一週間で、伯爵になるといいことがある、というセドリックの意見はますます揺るぎないものになっていった。ただし、望みさえすれば、なんでも簡単にかなえられるという事実はなかなかのみこめなかった。まちがいなく、きちんと理解していたとは言えないだろう。それでも、ハヴィシャム氏と何度か話し合った結果、身近な願いをすべて実現できるとわかり、喜々としてそれらを無邪気に実行して、ハヴィシャム氏をおおいに楽しませた。イギリスに出発する前の週、セドリックはたくさんの珍妙なことをやってのけた。弁護士はセドリックといっしょにディックを訪ねた朝のことや、古いイエガラのリンゴ売りのおばあさんの屋台に寄った午後のことを、のちのち何度となく思い返したものだ。セドリックはテントとストーブとショールとお金をあげる、と伝えておばあさんを驚かせ、同時にとても感激させたのだった。

「ぼく、イギリスに行って、貴族にならなくちゃならないんだ」セドリックはやさしく説明した。「だから、雨が降るたびに、おばあさんの骨のことを心配するのは嫌なんです。ぼくの骨はちっとも痛くないから、おばあさんの骨がどのぐらい痛むのかわからないけど、とっても気の毒だなあと思っていたんです。だから、よくなるように祈ってるね」

「リンゴ売りのおばあさん、とってもいい人なんですよ」すばらしい幸運が信じられず、息もできない様子のおばあさんを残してその場を立ち去りながら、セドリックはハヴィシャム氏に言った。「昔、ころんで膝をすりむいたら、ただでリンゴをくれたんです。ぼく、そのこと、ずっと覚えていました。親切にしてくれた人のことって、絶対忘れられないものですよね」

　セドリックの正直で純粋な心には、親切にされたことを忘れる人間がいる可能性はまったく浮かばなかったのだ。

　ディックとのやりとりは実にドラマチックだった。ディックはちょうどジェイクとさんざんもめていたところだったので、二人が会いに行ったときはすっかり意気消沈していた。セドリックが、とても役に立ちそうなものを渡すためにやって来た、と淡々と告げると、ディックはびっくり仰天した。さらに、トラブルがすっかり解決するとわかると、ほとんど口もきけなくなった。セドリックは訪問の目的をとても簡潔に、もったいぶらずに告げたので、横に立って聞いていたハヴィシャム氏は、その率直さにいたく感銘を受けた。古くからの友人が貴族になり、大人になったら伯爵になるという話に、ディックは目をまん丸にし、口をポカンと開け、その拍子に帽子が頭から滑り落ちたほどだ。我に返ると、ディックは異様な叫び声をあげた。もっとも異様だと感じたのはハヴィシャム氏だけで、セドリックはこれまでに何度も聞いたことがあったから慣れていた。

「ヘヘーンだ！　おまえ、何言ってやがんだよ？」これにはセドリックもたじろいだが、堂々と言い返した。

「みんな、最初は信じないんだ。ホッブズさんには暑さにやられたと言われたよ。ぼくだって最初は伯爵なんて嫌だって思った。だけど、慣れてきたら、伯爵もけっこういいものだと思ってる。今、伯爵なのは、ぼくのおじいさまなんだ。それで、ぼくの好きなことを何でもしていいっておっしゃってるんだよ。伯爵だけど、本当に親切なんだよ。それでハヴィシャムさんにたくさんのお金を預けてくれたから、きみがジェイクの持ち分を買いとれるようにお金を持ってきたんだ」

おかげで、その後ディックはジェイクを追い払い、新しいブラシと猛烈に派手な看板と道具一式を買い揃えて、靴磨き屋の店主におさまったのだった。古いイエガラのリンゴ売りのおばあさんが幸運を信じられなかったように、このときのディックもなかなか自分の幸運を実感できなかった。まるで夢を見ているみたいに足元がふらつき、若い気前のいい友人をじっと見つめながら、今にも夢が覚めるかもしれないとびくついていた。セドリックが片手を差しのべて握手をして帰っていくまで、ディックは事態をはっきりと理解していない様子だった。

「じゃあ、さようなら」セドリックは落ち着いて言おうとしたのに声が少し震え、大きな茶色の目をまばたきして涙をこらえた。「商売がうまくいくといいね。きみと別れてイギリスに行かなくちゃならないのは悲しいけど、伯爵になったら、また戻ってくるよ。だから、手紙を書いてね。ぼくたち、ずっといい友達だったんだから。それと、手紙を書くときは、ここに送って」セドリックはディックにメモを渡した。「あと、ぼくの名前はもうセドリック・エロルじゃないんだ。フォントルロイ卿なんだよ——さよなら、ディック」

ディックも目をパチパチしていたが、睫《まつげ》のあたりが濡《ぬ》れているように見えた。ディックは教育を受けていなかったから、今感じていることを言葉にしようとしてもできなかった。だから、言葉にするのはあきらめ、ただ目をしばたたき、喉《のど》にこみあげてくるものを飲みこもうとしていた。

「遠くに行っちまわなけりゃいいのにな」かすれた声でディックは言った。それから、また目をパチパチした。そしてハヴィシャム氏を見ると、帽子のつばに手を触れて頭を下げた。「旦那《だんな》、ありがとうございます、ここにこの子を連れてきてくれて。それに、いろいろやってもらって。こいつはおかしなちびなんすよ」さらにつけ加えた。

「おいら、ずっと目をかけてやってたんす。おもしろいガキでね――ほんと、おかしなちびなんでさあ」

そして、二人が去っていくのをディックはぼうっとして見送っていたが、その目はまだ濡れていて、喉には何かつかえたままだった。ディックが見つめていると、小さいけれど堂々とした姿は、長身のいかめしい付き添いと並んで楽しそうに元気よく歩み去っていった。

出発の日まで、セドリックはできるだけホッブズさんの店に行き、いっしょに過ごしていた。ホッブズさんはふさぎこんでいるようだった。すっかりしょげていた。若い友人が鎖のついた金時計をお別れの贈り物として意気揚々と持ってきたときは、感激のあまりろくにお礼も言えないほどだった。がっちりした膝に金時計を置き、何度も激しく洟《はな》をかんだ。

「そこに言葉を刻んでもらったんだよ」セドリックは言った。「蓋《ふた》の内側にね。ぼくが自分で言葉を選んだんだ。『ホッブズさんへ。これを見るとき、ぼくを思い出してください。いちばん古い友、フォントルロイ卿より』ぼくのこと、忘れてほしくないんだ」

ホッブズさんは大きな音をさせてまた洟をかんだ。

「忘れるわけないよ」ディックと同じように、その声は少しかすれていた。「そっちこそ、あっちに行って、イギリスの貴族に仲間入りしても、おれのことを忘れるんじゃないぞ」

「どこにいても、おじさんのことを忘れたりしないよ」セドリックは答えた。「おじさんと過ごした時間がいちばん幸せだったもの。他にも楽しい時間はあったけどね。いつか会いに来てほしいなあ。おじいさまはきっと喜ぶと思うよ。おじさんのことを話したら、おじいさまが招待してくれるかもしれない。あの――おじいさまが伯爵でも気にしないよね？　招待されても伯爵だから行きたくない、なんて言わないでしょ？」

「きっと会いにいくとも」ホッブズさんは愛想よく応じた。

というわけで、イギリスに来て数カ月ほどドリンコート城に滞在してほしい、と伯爵から丁重に招待されたら、共和党主義者の先入観はひとまず置き、ホッブズさんはただちに旅行鞄《かばん》に荷物を詰める、ということで話はまとまった。

とうとう準備は完了した。出発の日、トランクが蒸気船に運ばれていき、玄関に馬車がやって来る時間が来た。すると、経験したことのないような寂しさがセドリックの胸にこみあげてきた。母はしばらく前から部屋に閉じこもっていたが、階段を下りてきたとき、その大きな目は濡れているようで、愛らしい唇はわなないていた。セドリックは母親に駆け寄り、ぎゅっと抱きつき、二人はキスをした。二人とも、もの悲しい気持ちになっていることは確かだったが、なぜなのかはセドリックにはまだわかっていなかった。ただ、名残を惜しむ気持ちがふっとわきあがり、それを口にした。「この小さな家、気に入っていたよね、大好きな人」セドリックは言った。「ぼくたち、これからもずっと忘れないでいるよね？」

「ええ――そうよね」母はやさしい声でそっと答えた。「ええ、そうしましょう」そして二人は馬車に乗りこみ、セドリックは母にぴったりくっついてすわった。母が振り返って家の方を見たとき、セドリックは母を見つめ、その手をなで、ぎゅっと握りしめた。

それから、あっという間に蒸気船に乗りこみ、とんでもない喧噪《けんそう》と混乱のるつぼに放りこまれた。馬車が次々に到着しては乗客を降ろしていく。乗客は届いていない荷物のことで大騒ぎし、もう間に合わないとあわてふためいている。大きなトランクや鞄がドサッと下ろされ、ひきずられていく。船員たちはロープをほどき、右へ左へ走り回り、航海士たちは命令を叫んでいる。紳士も淑女も子供たちも乳母も乗船していった。陽気に笑っている者もいれば、むっつりと悲しげに黙りこんでいる者もいた。あちこちで泣いている人がいて、ハンカチを目にあてがっている。セドリックは何を見ても好奇心を刺激された。巻き上げられたロープの山、たたまれた帆、青い夏空に届きそうなほど高くそびえ立つマスト。あとで船員たちとおしゃべりをして海賊について教えてもらおう、とさっそく計画を立てはじめた。

いよいよ時間が迫り、セドリックは上甲板の手すりに寄りかかって最後の出港準備を眺めながら、あたりに渦巻く興奮を楽しみ、船員や波止場作業員の叫び声を聞いていた。そのとき、すぐそばでちょっとした騒ぎが起きているのに気づいた。誰かが人混みをかきわけながら、こちらに駆け寄ってくる。少年で手に赤いものを握っていた。ディックだ。すっかり息を切らしながら、セドリックのところにやって来た。

「ずうっと走ってきたんだ。おまえを見送りたくてさ。商売は大成功だぜ！　これ、初めての儲《もう》けで買ったんだ。えらいさんの前でも、これなら恥ずかしくねえよ。下甲板のやつらをかきわけていたら、包み紙をなくしちまった。あいつら、おいらを上に行かせまいとしたんだぜ。ほれ、ハンカチだ」

一息にそう言ってのけた。そのとき出航の銅鑼《どら》が鳴り、ディックはセドリックが返事をしないうちにさっと身を翻した。

「さよなら！」ディックは叫んだ。「えらいさんの仲間入りしたら、それ、使ってくれ」そして駆けだすと、姿を消した。

数秒後、ディックが下甲板の人混みをかきわけ、渡り板がはずされる直前に船から飛び降りる姿が見えた。波止場に立つと、彼は帽子を振り回した。

セドリックは手にハンカチを握りしめた。鮮やかな赤いシルクに紫色で蹄鉄《ていてつ》と馬の頭が描かれている。

　ギイギイと何かがきしむ大きな音がし、人々の声がひときわ大きくなった。波止場の人々は友人たちに呼びかけ、船上の人々はそれに応《こた》えている。

「さようなら！　さようなら！　さようなら、みんな！」誰もがそう叫んでいるようだった。「わたしたちを忘れないで。リヴァプールに着いたら手紙をくれよ！　さようなら！　さようなら！」

　セドリックは手すりから体を乗り出し、赤いハンカチを振った。

「さようなら、ディック！」元気よく叫んだ。「ありがとう！　さようなら、ディック！」

　そして大きな蒸気船が動きはじめると、人々の間からまたもや別れを惜しむ声があがった。セドリックの母はベールを下ろして目を隠し、埠頭《ふとう》では大変な騒ぎが続いている。しかし、ディックは船上の陽気なあどけない顔と、太陽の光に輝き、風になびいている金髪だけをひたすら見つめていた。そして喧噪の中で、「さようなら、ディック」と叫ぶ子供らしい温かい声だけを聞いていた。こうしてセドリックは生まれ故郷を離れ、見知らぬ先祖の国へとゆっくりと旅立っていった。

4　イギリスに着いて

この船旅の間に、エロル夫人はイギリスではいっしょに暮らせないことをセドリックに告げた。それを聞いたセドリックは嘆き悲しみ、その様子を目にしたハヴィシャム氏は、伯爵が城のすぐそばに母親を住まわせ、頻繁に会えるように手配したのは賢明だった、と胸をなでおろした。さもなければ、まちがいなくセドリックは母と別々に暮らすことに耐えられなかっただろう。しかし、母親がとてもやさしく愛情こめて息子に説明したおかげで、セドリックもすぐそばで暮らすのだし、本当に別れ別れになるわけではないと思い直し、しばらくするとふさぎこむこともなくなった。

「わたしの家はお城から遠くないのよ、セディ」エロル夫人はその話題が出るたびに、繰り返した。「あなたの住まいからすぐだから、毎日でもやって来て、わたしに会えるの。それはもうどっさり話すことがあるでしょうから、いっしょに楽しく過ごせるわ！　きれいなお城なのよ。お父さまがしじゅう話してくださったわ。お父さまは心からお城を愛しておいでだったから、あなたもきっと好きになるわ」

「お母さまがいっしょだったら、もっと好きになれたんだけどなあ」小さな未来の伯爵は重いため息をついた。

セドリックはこの奇妙な状況にとまどわずにはいられなかった。「大好きな人」と自分を別々の家に住まわせるなんて。

実は、こういう計画になった理由はセドリックに話さずにおく方がいい、と判断したのはエロル夫人だった。

「話さないでおく方がいいと存じます」彼女はハヴィシャム氏に言った。「あの子には本当のところが理解できないでしょう。ただショックを受け、傷つくだけです。伯爵さまがわたしをとても嫌っていることを知らないでいる方が、わだかまりなく、自然に伯爵さまに愛情を抱けるにちがいありません。人を憎んだり冷たい仕打ちをしたりということをまったく知らずに育ってきたのです。誰かにわたしが憎まれていると知ったら、大変な打撃でしょう。あの子はとても愛情深く、わたしのことをそれはもう大切に思ってくれています！　もっと大きくなるまで伏せておく方が、あの子のためになるにちがいありませんし、伯爵さまにとっても、その方がずっとよろしいかと存じます。セドリックはとてもやさしい子ですけれど、もし事実を知ってしまったら、二人の間に隔てができてしまいますわ」

というわけで、この取り決めには謎めいた理由がある、自分はまだ小さいのでよく理解できないが、もっと大きくなったら説明してもらえる、ということだけしかセドリックには伝えられなかった。むろん、セドリックは不思議でならなかった。しかし、その理由がさほど気になるわけでもなかったし、母とさんざん話しているうちに、明るく楽しい面を想像するようになり、暗い面はしだいに消えていった。ただ、ときどきハヴィシャム氏は、セドリックがやけにかしこまってすわり、とても深刻な顔で海を眺めながら、子供らしくないため息をついているのを目撃した。

「ぼく、嫌なんです」あるとき、セドリックはこんな大人びたりっぱなことを弁護士に打ち明けた。「本当は嫌でたまらないんです。だけど、この世にはたくさんつらいことがあるから、それを我慢しなくちゃならないんですよね。メアリもそう言ってるし、ホッブズさんもそう言うのを聞いたことがあります。それに、お母さまはぼくがおじいさまと暮らすことを望んでいる。だって、おじいさまの子供はみんな死んでしまったから。それって、とても悲しいことですよね。子供が全部死んでしまったなんて、気の毒でたまりませんよ――しかも、一人は突然亡くなったんですもの」

　未来の伯爵と知り合いになった人々は、会話をしているときにときどき見せる、まるで賢者のような様子に魅了された。しかも、丸いあどけない顔にとても無邪気で真剣な表情を浮かべ、大人びたことを口にする姿は、たまらなく愛らしかった。ぽっちゃりした手で両膝《りょうひざ》を抱えてすわり、巻毛の美しい男の子が真面目くさって話しはじめると、誰もが実にうれしそうに耳を傾けた。しだいに、ハヴィシャム氏は仕事とは別に、セドリックといっしょに過ごすことに大きな喜びと楽しみを覚えるようになっていった。

「では、伯爵を好きになるように努力するつもりなのですね？」ハヴィシャム氏はたずねた。

「はい」セドリックは答えた。「おじいさまはぼくの親戚《しんせき》ですし、もちろん親戚のことは好きにならなくちゃ。それに、ぼくにすごく親切にしてくださったし。ぼくのためにいろいろして、何でもほしいものをあげるとおっしゃっているんですもの、親戚じゃなくたって好きになりますよ。おじいさまは親戚でしょ、大好きになるに決まってますよ」

「おじいさまはあなたのことを好きになると思いますか？」ハヴィシャム氏はたずねた。

「そうだなあ、好きになると思うけど。だって、ぼくはおじいさまの親戚でしょ。それに息子の息子だもの。あ、そうだ、きっと、もうぼくのことを好きにちがいありませんよ。じゃなかったら、何でも好きなものをくださったりしないし、あなたを迎えに寄越したりしないでしょ」

「なるほど、それもそうですね」ハヴィシャム氏は相槌《あいづち》を打った。

「ええ、そうですとも。ハヴィシャムさんだって、そう思うでしょう？　孫のことは好きに決まってるって」

　船酔いに苦しんでいた人々はじきに回復し、甲板に上がってくると、デッキチェアにすわって楽しむようになった。その頃には、セドリックの数奇な運命が知れ渡っていて、船を駆け回ったり、母親や長身でやせた老弁護士と散歩したり、船員に話しかけたりしているこの男の子に、全員が注目するようになっていた。セドリックはみんなに好かれ、いたるところで友達ができた。甲板を歩いている紳士たちに、いっしょに散歩しようと誘われると、男の子らしい威勢のいい足取りでいっしょに歩きながら、大人の冗談にも元気よく楽しげに応じるのだった。婦人たちと話しているときは、セドリックを囲む人の輪から、いつも笑い声が湧き起こった。子供たちと遊ぶときは、常にすばらしく愉快なことをした。船員にも溶けこみ、すっかり仲良くなった。海賊や難破船や無人島の信じられないような話を聞かせてもらい、ロープの結び方や、おもちゃの船に索具を装着する方法を教わり、〝トップスル（中檣帆《ちゅうしょうはん》）〟や〝メインスル（大檣帆《だいしょうはん》）〟など、いろいろな帆について驚くような情報をどっさり仕入れた。そのため、ときどき船員のようなしゃべり方をするようになり、あるときなど、「ええい、いまいましい、今日はすごく寒いですね！」と愛嬌《あいきょう》たっぷりに、かわいらしい顔で言うものだから、甲板でショールやコートにくるまってくつろいでいた紳士淑女の一団から、どっと笑い声があがったものだ。

ただし、セドリックには笑われた理由がさっぱりわからなかった。この船乗り特有の言い回しは、ジェリーという年配の船員から教えてもらったものだ。ジェリーはいろいろな逸話をセドリックに聞かせてくれ、その際にこの言葉がしょっちゅう飛び出した。ジェリーの冒険譚《たん》によれば、彼は二、三千回は航海に出ていて、そのたびに難破し、野蛮な人たちがうようよしている島に漂着し、体を焼かれて食われ、頭の皮を十五回から二十回ははがされていた。

「だから、彼は禿《は》げているんだよ」セドリックは母に説明した。「何度か頭の皮をはがされると、もう毛が生えてこなくなるんだって。最後にはがされてから、ジェリーは毛が生えてこなくなったの。パロマチャウィーキン族の王さまが、ウォプスルマンプキー族の王さまの頭蓋骨《ずがいこつ》で作ったナイフで皮をはいだんだって。そのときはもう助からないと覚悟したそうだよ。王さまがナイフを振りかざしたとき、あまりに恐ろしくて髪が逆立って、それっきり元に戻らなかったんだって。王さまは毛が逆立ったまま皮をかぶっているから、ヘアブラシみたいに見えるらしいよ。ジェリーみたいなすごいボーケンって、初めて聞いたよ。ホッブズさんにぜひ聞かせてあげたいな!」

天候がとてもひどくて甲板に出られないと、乗客たちは下の談話室にこもっていたが、そういうとき、セドリックの大人の友人たちは、ジェリーの冒険をもっと聞かせてくれとせがんだ。すると、セドリックは大喜びで熱弁をふるうのだった。大西洋を横断する蒸気船で、セドリックほど人気者になった乗客はいなかっただろう。彼はいつも無邪気に、みんなを喜ばせようとしてがんばった。それに、子供なりに注目の的になっているのに、本人はそれにまったく気づいていないところも魅力だった。

「みんな、ジェリーの話をとてもおもしろがっていたよ」セドリックは母に報告した。「だけど、ぼく――こんなこと言うのは悪いんだけど、あの話、ジェリーから聞いたんじゃなければ、全部が全部、本当じゃないと思うところだよ。だけど、ボーケンしたのはジェリーだからね。たしかに、すごく不思議な話だよ。ただ、ときどきジェリーは忘れたり、ごちゃごちゃになったりするのかもしれないな。だって、あんなに何度も頭の皮をはがれてるんだもの。頭の皮をはがれると、忘れっぽくなるのかもしれないね！」

ディックにさよならを告げてから十一日目に、セドリックはリヴァプールに到着した。そして十二日目の夜に、セドリックと母親とハヴィシャム氏が乗った馬車が駅から出発し、コート・ロッジの門の前で停まった。暗かったので家はよく見えなかった。大きな天蓋《てんがい》になった木々の下に馬車道があり、馬車がその道を少し進んでいくと、ドアが開き、まばゆい光がこぼれ出すのが見えた。

メアリは女主人のお世話をするためにいっしょにイギリスに来たのだが、ひと足早く家に着いていた。セドリックが馬車から飛び降りると、広くて明るい玄関ホールに一人、二人、使用人が立っていた。メアリは戸口で出迎えてくれた。

セドリックは歓声をあげてメアリに飛びついた。

「もう着いてたの、メアリ？　ねえ、メアリがいるよ、お母さま」セドリックはメイドの丸くて赤い頬にキスをした。

「おまえがいてくれてうれしいわ、メアリ」エロル夫人は低い声で言った。「会えて、本当にほっとしました。見知らぬ土地だという気がしなくなったわ」そう言いながらきゃしゃな手を差しのべたので、メアリは励ますように女主人の手を握りしめた。「見知らぬ土地」に着いたとき、故国を離れ、これから息子まで手放すことになるこの若い母親が、どんな気持ちになっているのか、メアリには想像がついた。

イギリス人使用人たちは、少年と母親を興味もあらわに観察していた。みんな二人のありとあらゆる噂を耳にしてきた。老伯爵が末息子の結婚にどんなに激怒したか、なぜエロル夫人がロッジに住み、息子は城に住むことになったのか。さらに孫息子がいずれ相続することになる莫大《ばくだい》な財産のことや、冷酷な祖父が痛風を病み、猛烈な癇《かん》癪《しゃく》持ちであることも知らぬ者はいなかった。

「その子は苦労しそうだね、かわいそうに」使用人たちは口々に言い合った。

ただし、どんな子がやって来るのかは何も聞いていなかった。次代のドリンコート伯爵がどんな性格なのか、彼らはまったく知らなかったのだ。

セドリックはいつも自分でやっているようにコートを脱ぎ、周囲を見回した。広い玄関ホールと、何枚もの絵や牡鹿《おじか》の角など珍しい装飾品を眺めた。個人の家ではそういう物を見たことがなかったので、とても不思議に感じられた。

「大好きな人、とてもきれいなおうちだね。ここにお母さまが住むことになってうれしいな。すごく大きな家だね」

みすぼらしいニューヨークの通りにある家に比べたら、確かにずっと大きかったし、美しくて居心地のいい家だった。メアリに案内されて二階に上がると、明るい色彩の厚手木綿のカーテンがかかり、暖炉の火が燃えていた。暖炉の前では白い毛皮の敷物の上で、大きな真っ白のペルシャ猫が気持ちよさそうに眠っている。

「お城の家政婦さんが奥さまにって、届けてくださったんですよ」メアリが説明した。

「とてもおやさしいご婦人で、奥さまのために、この家の準備を何もかもやってくださったんです。あたしはちょっと会っただけですけど、だんなさまのことをとても好いとったそうで、亡くなったことをえらく悲しがってました。大きな猫が毛皮の敷物に寝そべっていたらくつろげるんじゃないか、って気を遣ってくれたんですよ。だんなさまが赤ちゃんだった頃から知ってて——それはもう、おきれいな赤ちゃんだったって。大人になると、身分の高い人にも低い人にも、分け隔てなくやさしい言葉をおかけになるりっぱな青年におなりになったそうです。だから、あたし、言ったんですよ。『だんなさまはそっくりなお子さんを遺《のこ》していかれたんですよ。この世に二人といないごりっぱな坊ちゃんをね』って」

着替えがすむと、二人は階下の広々とした明るい部屋に下りていった。天井は低く、美しい彫刻をほどこされた大きな家具が置かれ、椅子はふかふかでどっしりした高い背もたれがつき、見たこともないきれいな飾り物が並んだ風変わりな棚がいくつもあった。暖炉の前には大きな虎の毛皮が敷かれ、両側に肘掛《ひじか》け椅子がひとつずつ置かれている。堂々とした白猫はセドリックがなでてやるといっしょに階下までついてきて、敷物にすわりこんだセドリックの隣で優雅に丸くなった。まるで仲良くなろうとしているかのように。セドリックはすっかりうれしくなって、猫の頭に自分の頭をくっつけ、寝そべって猫をなでていたので、母とハヴィシャム氏が話していることに気づかなかった。

もっとも二人は声をひそめて話していた。エロル夫人は少し青ざめ動揺しているようだった。

「今夜はここにいてよろしいのでしょう？　今夜はわたしと過ごしてもかまいませんよね？」

「ええ」ハヴィシャム氏は同じように抑えた声で答えた。「今夜のところは大丈夫です。

食事が終わったら、ただちにわたしが城に行き、伯爵にお二人が到着したことをお伝えします」

エロル夫人はちらっとセドリックの方を見た。黒と黄色の縞模様《しまもよう》の毛皮の上に、とても優雅なくつろいだ様子で寝そべっている。暖炉の火に照らされたきれいな顔はほんのり紅潮し、巻毛が敷物の上に広がっていた。大きな猫は満足そうで眠たげにゴロゴロと大きく喉《のど》を鳴らしている。小さな手でやさしくなでられて、うっとりしているのだ。

エロル夫人はかすかに微笑した。

「伯爵さまはわたしからどんなに大きな物をとりあげてしまわれるのか、ご存じないのですわ」とても悲しげだった。それから弁護士に視線を向けた。「恐れ入りますが、伯爵さまにお伝え願えないでしょうか、お金はいただきたくないと」

「お金ですと！」ハヴィシャム氏は叫んだ。「伯爵が差し上げることになっているお手当のことですか？」

「ええ」エロル夫人はあっさりと言った。「いただかない方がいいと思うのです。この家については、あの子のそばで暮らせるのですからいただかないわけにはまいりませんし、感謝しております。でも、自分のお金もございます。質素に暮らしていけるぐらいは。ですから、お金の方は遠慮したいのです。伯爵さまはわたしをとても嫌っておいでなのですから、セドリックをお金で売ったような気がいたします。あの子をお城にやるのは、自分のことはどうでもいいほど深く愛しているからですし、夫もそう望んだはずだからです」

ハヴィシャム氏は顎《あご》をこすった。

「これはまた変わったお申し出ですね。伯爵は遺憾に思われるでしょう。そのお気持ちがおそらくご理解できないでしょうから」

「よくお考えになれば、きっと伯爵さまにもおわかりかと思います。本当にお金は必要ないのです。わたしのことをひどく憎んでおられて、わたしの大切な子を——ご自分の息子の子供をとりあげるようなお方から、ぜいたくに暮らすお金を受けとれましょうか？」

ハヴィシャム氏は少し考えこんでいた。

「お気持ちはお伝えします」ようやく、そう答えた。

それからディナーが運ばれてきて、三人は食卓につき、大きな猫はセドリックの隣の椅子にすわって、食事の間じゅうゴロゴロと大きく喉を鳴らしていた。

夜も更けた頃、ハヴィシャム氏はお城に現れ、すぐに伯爵のもとに案内された。伯爵は暖炉のそばの豪奢《ごうしゃ》な安楽椅子にすわり、足を足台にのせていた。もじゃもじゃの眉《まゆ》の下から弁護士を鋭く一瞥《いちべつ》する。冷静さを装っているものの、ピリピリして、ひそかに気持ちを高ぶらせていることを弁護士は見抜いた。

「さて、さて、ハヴィシャム、戻ってきたのだな？　どうだった？」

「フォントルロイ卿《きょう》と母君はコート・ロッジに落ち着かれました」ハヴィシャム氏は答えた。「お二人とも大変お元気で、つつがなく旅を終えられました」

伯爵はいらだたしげな声をもらすと、片手をせっかちに振った。

「それはよかった」ぶっきらぼうに言った。「これまでのところ順調だな。おまえも楽にするがいい。ワインでも飲んでくつろげ。その他には？」

「フォントルロイ卿は今夜は母君のところにお泊まりです。明日、わたしがお城にお連れします」

伯爵は椅子の腕に肘《ひじ》をのせていたが、片手を持ち上げ、目を覆った。

「それから？　続けろ。手紙は書くなと申しつけたから、わしが何も知らないことはわかっておるだろう。どんな子供だった？　母親のことはどうでもいい、子供はどんなだった？」

ハヴィシャム氏は自分で注いだポートワインをひと口のみ、グラスを手に腰をおろした。

「七つのお子さまの性格を判断するのは、いささかむずかしいかと存じます」言葉を選びながら答えた。

伯爵は強烈な偏見を持っていた。さっと顔を上げると、荒々しい言葉を投げつけてきた。

「馬鹿なのか？」伯爵は怒鳴った。「それとも、みっともないガキか？　アメリカ人の血が入っていれば、それも当然だが」

「アメリカ人だからどうこうということはないと存じます」弁護士はいつもの事務的で慎重な口調で言った。「子供についてはあまり詳しくありませんが、りっぱなお子さまだとお見受けします」

ハヴィシャム氏のしゃべり方はいつも慎重で淡々としていたが、ふだん以上にあえてそうしていた。伯爵が一切の先入観なしで初めて孫と会い、自分で判断した方がいいだろう、と賢明にも考えたのだ。

「健康でよく育っておるのか？」伯爵はたずねた。

「まちがいなくとても健康で、りっぱにお育ちです」

「手脚はすらりとして、見た目はいいのか？」伯爵はさらに質問した。

ハヴィシャム氏の薄い唇にかすかな笑みが浮かんだ。コート・ロッジを出てきたときの情景が目に浮かんだのだ。虎の毛皮にのんびりと屈託なく寝そべっている美しく優雅な子供の姿。敷物にこぼれたまばゆく輝く巻毛。晴れやかな薔薇《ばら》色の顔。

「一般的に言って、大変きれいなお子さまだと存じます、ただ、あえて申し上げれば、大半のイギリス人の子供とはいくぶんちがっているとお感じになるかもしれません」

「それは当然だろう」伯爵は吐き捨てるように言った。痛風の痛みがぶり返していた。「アメリカ人の子供ときたら、図々《ずうずう》しくて不作法と相場が決まっておるからな。そういう話はさんざん耳にしておる」

「フォントルロイ卿の場合、図々しいところはございません。そのちがいはどうにも言葉にしかねますが。フォントルロイ卿はこれまで子供よりも大人といっしょに過ごす時間が長かったので、大人びたところと子供っぽいところが同居しているのでございます。その点がちがって感じられるのかもしれません」

「それがアメリカ人の図々しさってものだ!」伯爵は反論した。「さんざん話に聞いておるわ。やつらはそれを成長が早いだの、のびのびしているだのと、もてはやしておるがな。鼻持ちならず、図々しく、不作法。それだけのことだ!」

ハヴィシャム氏はポートワインをまた少し口に含んだ。伯爵とはめったに議論をしなかった。とりわけ、脚が痛風で痛むときには、絶対に。そういうときは、放っておくのがいちばんだった。そこで、しばらく沈黙が続いた。それからハヴィシャム氏は口を開いた。

「エロル夫人からお言付けを預かっております」

「あの女の言付けなど聞きたくない!」伯爵は怒鳴った。「あの女の話は耳にしたくない、気分が悪いわ」

「いささか重要なお言付けでして」弁護士は説明した。「伯爵が差し上げるとおっしゃっているお手当を辞退したいそうです」

伯爵はひどく驚いたようだった。

「何だと？」彼は声を荒らげた。「どういうことだ？」

ハヴィシャム氏は彼女の言葉を繰り返した。

「必要がないとおっしゃっています。それに伯爵とは親しい関係ではないですし――」

「親しい関係だと！」癇癪《かんしゃく》を起こして伯爵は叫んだ。「ああ、そのとおりだとも！　あの女のことは考えるだけでもいまいましい！　欲張りで口の減らないアメリカ人め！　顔も見たくないわ！」

「伯爵」ハヴィシャム氏は口をはさんだ。「エロル夫人のことは欲張りとは言えないと存じます。何もいらないと言っておられるのですから。伯爵が提案したお金は遠慮したいとおっしゃっているのです」

「魂胆があるんだ！」伯爵は決めつけた。「うまいことを言って、わしを会う気にさせようとしているんだ。おおかた、りっぱな心がけだと、わしが感心すると思っておるんだろう。感心などするものか！　アメリカ人の独立精神など笑止千万だ！　城の門の前で物乞《ものご》いのような暮らしをさせるわけにはいかない。跡継ぎの母親なのだから、それなりの体面があるし、それを守ってもらわねば困る。相手がどう言おうと、金は受け取らせる！」

「でも、お使いになりますまい」

「使おうが使うまいが、どうでもいい！」伯爵はがみがみ言った。「とにかく金はあの女のもとに届けろ。何も援助してもらえないから貧乏暮らしをするしかない、と世間に言いふらされてはたまらん！　あの女はわしが悪い人間だと息子に思わせたがっておるのだ！　すでに、さんざんわしの悪口を子供に聞かせておることだろう！」

「いいえ。もうひとつ伝言がございまして、それをお聞きになれば、エロル夫人がそんなことをしていないとおわかりでしょう」

「伝言はもうけっこう！」伯爵は怒りと興奮と痛風の痛みのせいで息を荒くしていた。

　しかし、ハヴィシャム氏はそれを伝えた。

「母親と別々に暮らすことになったのは、伯爵が母親に対して偏見を持っているからだ、と息子に考えてほしくない、事情は一切耳に入れないでほしい、とエロル夫人は願っています。ご子息は心から母君を慕っておいでですので、そんなことを知ったら、伯爵との間にわだかまりができてしまうにちがいないとお考えなのです。フォントルロイ卿にはまだそういう事情は理解できないので、祖父に対して恐怖心が生まれるかもしれない、そこまでいかなくても、あまりなつかなくなるかもしれない、と。ご子息に対しては、まだ小さいので今は理由を話せない、でも、もっと大きくなったら説明してあげる、となだめておられます。お二人の最初の顔合わせにどんな影も落としたくない、というのがエロル夫人のお考えなのです」

伯爵は椅子に深々と身を沈めた。もじゃもじゃの眉の下で、険しく猛々《たけだけ》しい老いた目がギラリと光った。

「なんだと！」伯爵はまだ荒い息遣いをしていた。「まさか！　母親は息子に何も話していないと言うのか？」

「はい、ひとことも」弁護士はひややかに答えた。「そのことは、わたしが保証いたします。フォントルロイ卿《きょう》は伯爵をこのうえなくやさしく、愛情深いおじいさまだと信じているはずです。完璧《かんぺき》な祖父像を少しでも損なうようなことはひとことも——ええ、ひとことも耳に入れていません。そして、ニューヨークにいる間、わたしは伯爵の命令をことごとく実行しましたので、まちがいなくフォントルロイ卿は驚くほど気前のいいおじいさまだと考えています」

「確かなのか？」

「誓って申し上げますが、フォントルロイ卿がどういう印象を持たれるかは、伯爵ご自身にかかっていると存じます。そして、差し出がましいことを申し上げるのをお許しいただきたいのですが、母君を侮辱するようなお言葉は慎まれる方がうまくいくでしょう」

「ふん、馬鹿らしい！　あの子はまだ七つなんだぞ！」

「しかし、その七年間を母君のもとで過ごしていらっしゃったのです」ハヴィシャム氏は言い返した。「フォントルロイ卿の愛情は、ひとえに母君に向けられているのでございます」

5　ドリンコート城で

セドリックとハヴィシャム氏を乗せた馬車が、城に通じる長い並木道に入ったのは、午後も遅くなってからだった。伯爵はディナーまでに孫が到着するようにと命じていた。さらに、理由は明かそうとしなかったが、自分のいる部屋に孫一人で来させるようにと言いつけた。馬車が並木道を走っていく間、セドリックは贅沢《ぜいたく》なクッションに心地よく寄りかかり、胸をときめかせて景色を眺めていた。実際、何を見ても、おもしろくてならなかった。まず馬車に魅せられた。大きな見事な馬たちと、ぴかぴかに磨かれた馬具。きらびやかな制服を着た長身の御者と従僕。とりわけ、馬車の外側に描かれている王冠の模様には心を奪われ、それが何を意味しているのか教えてもらおうとして、さっそく従僕と仲良くなった。

　馬車が庭園の大きな門に到着すると、窓から乗り出すようにして、入り口を飾っている石造りの巨大なライオンをじっくりと観察した。薔薇《ばら》色の頬をしたいかにも母親らしい女性が、蔦《つた》のからまるこぢんまりした小屋から現れ、門を開けてくれた。二人の子供が家から飛び出してきて、目を丸くして馬車に乗っている少年を見つめている。セドリックも子供たちを見つめ返した。母親は膝《ひざ》を折ってお辞儀をするとにっこりし、母からうながされた子供たちもぎくしゃくと同じようにお辞儀をした。

「あの人、ぼくを知っているんでしょうか？」セドリックはたずねた。「たぶん、ぼくが誰なのか知っているんですね」と言うと黒いベルベットの帽子を脱いで、女性に笑顔を向けた。

「どうもはじめまして！」明るく挨拶《あいさつ》した。「こんにちは！」

あの女性はうれしそうだ、とセドリックは思った。薔薇色の顔の笑みが大きくなり、親切そうなブルーの瞳《ひとみ》が輝いた。

「フォントルロイさまに神さまのお恵みがありますように！」彼女は言った。「なんておきれいなお顔なんでしょう！　フォントルロイさまに幸運と幸せを！　ようこそいらっしゃいました！」

馬車が通り過ぎていくとき、セドリックは帽子を振り、女性にうなずきかけた。

「あの人、いい人ですね。男の子が好きみたいに見えた。ぼく、そのうちここに来て、あの子たちと遊びたいです。少年団が作れるぐらいたくさんの子供がいるのかなあ」

ハヴィシャム氏は門番の子供たちを遊び相手にすることはまず許されないだろう、とは口にしなかった。そういうことを伝えるのは、もっとあとになってからでいいだろう、と判断したのだ。

美しい大きな木々が並ぶ道を馬車は進んでいった。太い枝がアーチを作るように道の方までせり出している。これほど大きく堂々としていて、地面に届くほど枝が枝垂れている木をセドリックはこれまで見たことがなかった。このときセドリックは知らなかったが、ドリンコート城はイギリスでも指折りの壮麗な城として評判だったのだ。庭園は広大で手入れが行き届き、林や並木道の美しさにかけては群を抜いていた。だが、セドリックにわかるのは、どこもかしこも、とても美しいということだけだった。木々の太い枝の隙間から金色の槍《やり》のように射しこんでくる、すっかり傾いた午後の日差し。あたり一面を覆っている静謐《せいひつ》。セドリックはすべてに心を奪われた。枝垂れている枝越しに垣間《かいま》見える美しい光景には、生まれて初めて味わうような喜びを覚えた――端麗な広々とした庭園には、ポツンと一本だけそびえている巨木があるかと思えば、森になっている場所もある。背の高いシダがうっそうと茂った場所を幾度か通り過ぎていく。そよ風に揺れるブルーベルで地面が青く染まっている。下草の間からウサギがピョンと飛び出し、白い短い尻尾《しっぽ》を一振りして走り去ったときは、愉快そうな笑い声を響かせた。山ウズラの群れがいきなりバタバタと飛び立ったときは、歓声をあげて手をたたいた。

「ここはきれいな場所ですね」ハヴィシャム氏に言った。「ぼく、こんな美しい場所、初めてです。セントラル・パークよりもきれいですよ」

並木道を進みながら、長い道のりに首を傾げた。

「どのくらいあるんですか、門から玄関まで？」

「五、六キロ以上ありますね」弁護士は答えた。

「門からずいぶん離れたところに住んでいるんですね」

セドリックはひっきりなしに珍しいものを見つけては、目を輝かせた。鹿を発見したときは、有頂天になった。芝生に寝そべっている鹿もいたし、馬車の物音に驚いて、枝角のある優美な頭をあわててこちらに向けた鹿もいた。

「サーカスが来てたんですか？」セドリックは叫んだ。「それとも鹿はここに住んでいるの？　誰の鹿なんですか？」

「ここに住んでいます」ハヴィシャム氏は教えた。「おじいさまの伯爵のものですよ」

それからしばらくして、ようやく堂々として麗しい灰色の城が見えてきた。無数の窓では残照がまばゆく反射している。やぐらや胸壁や塔がそびえ、壁は蔦でびっしり覆われ、周囲にはテラスや芝生や色鮮やかな花壇が広がっていた。

「なんて美しい建物なんだろう！」丸い顔を喜びに輝かせて、セドリックは叫んだ。

「まるで王さまの宮殿ですよ。こういうお城、おとぎ話の絵本で見たことがあります」

そのとき大きな入り口のドアが開き、二列に並んだ大勢の使用人たちが現れた。みんなセドリックの方を見ている。どうしてそこに並んでいるのだろう、とセドリックは不思議に思いながら、使用人たちの制服をしげしげと眺めた。彼らが一人の男の子を出迎えるために整列しているのだとは、思いもよらなかった。いつか、このすばらしいものすべてがその子のものになるのだ――おとぎ話の王さまの宮殿さながら美しい城も、広大な庭園も、見上げるばかりの巨木も、ウサギが跳び跳ねるシダやブルーベルで覆われた地面も、大きな目をした鹿が寝そべる草むらも。つい二週間前まで、セドリックはホッブズさんといっしょにジャガイモや缶入りのモモに囲まれ、高いスツールにすわって脚をぶらぶらさせていたのだ。こうした壮麗なものすべてが自分と深い関係にあるとは、とうていセドリックには理解できなかっただろう。使用人たちの先頭に、仕立てのいいシンプルな黒いシルクの服を着た年配の女性が立っていた。灰色の髪に帽子をかぶっている。セドリックが玄関ホールに入っていくと、その女性は少し進み出てきた。その目の表情から、自分に何か話しかけるつもりなのだ、とセドリックは察した。セドリックの手をひいていたハヴィシャム氏は立ち止まった。

「こちらがフォントルロイ卿です、メロン夫人。フォントルロイ卿、お城の家政婦をしているメロン夫人ですよ」

セドリックは目を輝かせて握手の手を差しだした。

「猫を連れてきてくださったのはあなたですね？　本当にありがとうございます」

メロン夫人の老いてはいるが整った顔が、門番の奥さんと同じように喜びで輝いた。「どこにいらしても、ひと目でわかりますわ」とハヴィシャム氏に話しかけた。「お顔も振る舞いも、大尉にそっくりですもの。今日は本当におめでたい日です」

セドリックはどうしておめでたいのだろう、と不思議だった。問いかけるように、メロン夫人の方を見た。一瞬、その目に涙がにじんだように見えたが、まちがいなく悲しいからではなかった。メロン夫人はセドリックに向かって微笑みかけた。

「あの猫の産んだ子猫が二匹、こちらにいますの。あとでフォントルロイさまのお部屋にお連れしますね」

ハヴィシャム氏は家政婦に何やら耳打ちした。

「書斎でございます」メロン夫人は答えた。「フォントルロイさまが、お一人でいらっしゃるようにとのご指示です」

数分後、制服を着た長身の従僕が書斎のドアまでセドリックを連れていき、ドアを開くと声を張り上げた。「フォントルロイ卿《きょう》がおいでです、伯爵さま」とてもおごそかな口調だった。彼はたんなる従僕だったが、跡継ぎの小公子が領地にやって来て、その領地と称号をゆくゆくは譲ることになる伯爵に初めてお目通りするのだから、これはきわめて重大な任務だとわきまえていた。

セドリックは部屋に入っていった。とても広い、贅沢にしつらえられた部屋だった。

彫刻のほどこされた重厚な家具がいくつも置かれ、ずらっと書棚が並んでいる。家具の色は黒っぽく、菱形《ひしがた》のガラスをはめた窓は奥行きがあり、どっしりした厚手のカーテンがかかっている。部屋の入り口から奥まではかなり距離があったし、すでに日が落ちていたので、部屋はとても暗く、陰気な感じがした。一瞬、セドリックは部屋に誰もいないのかと思ったが、大きな暖炉で燃えさかる炎のそばに大きな安楽椅子が置かれ、その椅子に誰かがすわっていることに気づいた。最初のうち、その人物はこちらに顔を向けようとしなかった。

しかし、別の存在がセドリックに注意を向けた。肘掛《ひじか》け椅子のそばに寝そべっていた巨大な黄褐色のマスチフだ。犬は胴体も手脚もライオンのように大きかった。その大型犬は悠然と立ち上がると、重たげな足音を立てながらセドリックの方にのしのしと近づいてきた。

そのとき肘掛け椅子の人物が声を発した。「ドゥーガル、戻ってこい」

しかし、セドリックの心には意地悪な気持ちはもちろん、ひとかけらの恐怖心もなかった。生まれてからずっと彼は勇敢だった。ごく自然な態度で大きな犬の首輪に片手を置くと、いっしょに前方へ進んでいった。ドゥーガルは歩きながら鼻をくんくんさせている。

そのとき伯爵が顔を上げた。もじゃもじゃの白い髪と眉毛《まゆげ》に鷲《わし》のくちばしのような鼻、深く落ちくぼんだ鋭い目をした大柄な老人をセドリックは目にした。かたや伯爵の目に映ったのは、白いレースの襟がついた黒いベルベットのスーツを着た優雅なあどけない姿だった。目鼻立ちの整ったりりしくて小さな顔を巻毛が縁取り、こちらにひたとすえられたまなざしは無邪気で親しみがこもっていた。この城がおとぎ話の宮殿なら、フォントルロイ卿こそ、幼いながらおとぎ話の王子さまということになるが、彼はまったくそのことに気づいていなかった。いや、王子というより、むしろ元気のいい小さな妖精《ようせい》と言えたかもしれない。ともあれ、老いた短気な伯爵は潑剌《はつらつ》とした美しい孫息子の姿を見たとたん、誇らしさと歓喜がこみあげてきて胸が熱くなった。孫息子は大きな犬の首に手を置き、物怖《ものお》じせずにこちらを見上げている。子供がまったく気後れせず、犬のことも祖父のことも恐れる様子をこれっぽっちも見せなかったので、気むずかしい老伯爵はおおいに満足した。

　セドリックは門番小屋の女性や家政婦に会ったときと同じように祖父を見つめながら、すぐそばまで近づいてきた。

「あなたが伯爵ですか？　ぼく、ハヴィシャムさんに連れてきてもらったあなたの孫です。フォントルロイです」

　セドリックは片手を差しのべた。たとえ伯爵相手でも、そうするのが礼儀にかなっていると考えたからだ。「とてもお元気そうですね」人なつっこい様子で言葉を続けた。「お会いできてとてもうれしいです」

　伯爵は好奇心をありありと目に浮かべ、セドリックと握手した。これまで一度もなかったことだが、伯爵は言葉に窮していた。そこで、もじゃもじゃの眉の下の目を絵のようにかわいらしい姿に向け、頭のてっぺんから爪先までじっくりと観察した。

「わしに会えてうれしいのかね？」伯爵はたずねた。

「はい、とても」

　そばに椅子があったので、セドリックはそこにすわった。背もたれが大きくて座面が高い椅子だったので、腰を下ろすと足先が床に届かなかったが、居心地よさそうにすわり、威厳のある祖父を敬意をこめて熱心に見つめた。

「おじいさまはどんなふうだろうって、ずっと思っていたんです」セドリックは言った。「船の寝台に横になって、お父さまに似ているかなあ、ってよく考えていました」

「それで似ておるかな？」

「うーん。お父さまが亡くなったとき、ぼくはとても小さかったから正確に覚えていないかもしれないけど、似ていないみたいです」

「では、がっかりしただろう」祖父は水を向けた。

「いえ、そんなことありませんよ！」セドリックは力をこめた。「もちろん、お父さまに似た人だったらうれしいでしょうけど、たとえ似てなくたって、おじいさまのことは好きですよ。だって、おじいさまだってご存じでしょう、親戚《しんせき》のことは好きになるものだって」

伯爵は椅子に背中を預け、宙をにらんだ。伯爵はこれまで親戚に好意を持ち友好的につきあってきたとは、とうてい言えなかったのだ。貴族の暮らしの中で、暇な時間はすべて身内と派手なけんかをすることに費やしてきたとさえ言えるほどだ。そして、やって来た彼らを屋敷から追い出し、罵《ば》詈《り》雑言《ぞうごん》を浴びせた。そのせいで、親戚全員が伯爵を心の底から忌み嫌っていた。

「どんな子だって、自分の祖父を愛してるものですよね」セドリックは言葉を続けた。「おじいさまみたいにとっても親切にしてくださった人なら、なおさらですよ」

またもや、老伯爵の目が興味深げに光った。

「ほう、わしはおまえに親切にしたのかな？」

「はい」セドリックはうれしそうに答えた。「ブリジェットのことと、リンゴ売りのおばあさんと、ディックのことでは、本当に感謝してます！」

「ブリジェット！　ディック！　リンゴ売りのおばあさんか！」

「そうですよ。おじいさまがお金をくださった人たちですよ——ぼくがほしいならあげるようにって、ハヴィシャムさんに預けたお金です」

「ああ！」伯爵は吐き捨てるように言った。「あれのことか！　おまえが好きなように使うことになっていた金だな。あれで何を買った？　ぜひそれについて聞かせてくれ」

伯爵はもじゃもじゃの眉根《まゆね》を寄せて、食い入るように子供を見つめた。この子が自分のためにどう散財したのか、ひそかに知りたいと思っていたのだ。

「そうか、おじいさまはたぶんディックとリンゴ売りのおばあさんとブリジェットのことをご存じなかったですね。こんなに遠い国で暮らしていらっしゃること、忘れていました。みんな、ぼくの特別な友達なんです。それにね、マイケルがリウマチ熱にかかって――」

「マイケルというのは誰だ？」伯爵は質問した。

「マイケルはブリジェットのご主人で、二人とも、とっても困っていたんです。ご主人が病気で働けなくて、十二人も子供がいたら、どんなかわかりますよね。それにね、マイケルはこれまでずっと真面目に働いてきたんです。だからブリジェットはよくうちに来て、泣いていて。それでハヴィシャムさんが来てた夜も、ブリジェットは台所で泣いてたんですよ。なぜって食べ物もろくにないし、家賃が払えなかったから。そうしたらハヴィシャムさんがぼくを呼んで、おじいさまがぼくにお金をくれたって言ったんです。だから、大急ぎで台所に走っていって、ブリジェットにあげました。それで万事うまくいったんです。お金をあげたとき、ブリジェットは自分の目が信じられないみたいでしたよ。だから、ぼく、おじいさまにとっても感謝しているんです」

「そうか」伯爵はよく響く低い声で言った。「おまえがしたかったのはそういうことだったのか。他には？」

ドゥーガルは高い椅子のわきにずっとすわっていた。大きな犬はセドリックが椅子におさまると、その場所を選んですわりこんだのだ。何度か犬は頭をもたげ、少年を見上げた。まるで会話に興味を持っているかのように。ドゥーガルは威厳のある犬だった。自分は大物だから、日頃から軽々しく行動するわけにはいかない、と考えているかのように常に泰然と構えていた。老伯爵は犬の性格を知り抜いていたので、内心興味をかきたてられて犬を観察した。ドゥーガルはすぐになつくような犬ではないのに、子供に手を置かれても驚くほどおとなしくしている。そのことが伯爵には不思議だった。そのとき、大きな犬はりっぱな頭を回してセドリックをもう一度窺《うかが》うように見ると、その堂々としたライオンのような頭を子供の黒いベルベットの膝《ひざ》にゆったりと乗せた。

セドリックは質問に答えながら、新しい友達を小さな手でなで続けている。

「それから、ディックがいます。おじいさまもディックを好きになると思いますよ、彼はすごいカタブツなんです」

伯爵はこういうアメリカ風の言葉遣いに慣れていなかった。

「カタブツとはどういう意味だね？」伯爵はたずねた。

セドリックはちょっと考えこんだ。実を言うと、その意味を正確に知らなかったのだ。ディックがよく使っていたので、当然、ほめ言葉だと思いこんでいた。

「誰もだましたりしない、っていう意味だと思います」セドリックは説明した。「それに、ディックは自分よりも体格が小さい相手を殴ったりしない。それからお客さんの靴を一生懸命磨いてピカピカにします。ディックは本物のすごい靴磨きなんです」

「それで、ディックはおまえの知り合いの一人なのだな？」

「前からの友達です。ホッブズさんほど昔から知ってるわけじゃないけど、でもとっても古い友達なんです。船が出る直前にプレゼントをくれたんですよ」

セドリックはポケットに片手を突っ込み、きちんとたたまれた赤いものを大切そうに引っ張りだすと、得意になって広げた。大きな紫の蹄鉄《ていてつ》と馬の頭が描かれたシルクの赤いハンカチだった。

「ディックがこれをくれたんです」次代の伯爵は説明した。「いつも持ち歩くつもりです。首に巻いてもいいし、ポケットに入れておいてもいいでしょ。ジェイクにお金を渡して追い払って、新しいブラシを買ってあげたあと、初めての儲《もう》けで買ってくれたんですよ。これはいわば記念品ですね。記念品といえば、ホッブズさんにあげた時計には、ちょっとした言葉を彫ってもらったんです。『これを見るとき、ぼくを思い出してください』って。ぼく、このハンカチを見るたびにディックのことを思い出しています」

ドリンコート伯爵の受けた衝撃はとうてい言葉で表現できなかっただろう。年を重ね、さんざん世の中のことを見聞きしてきた伯爵は、めったなことで動揺することはなかった。しかし、こんなことは生まれて初めてで、息が止まるほど驚き、経験したことのないような気持ちを味わっていた。伯爵はこれまで子供に関心を向けたことはなかった。自分の楽しみを追求することにかまけ、子供の相手をする時間など、まったくとれなかったからだ。自分の息子たちが幼いときも、とりたててかわいいとも思わなかった。もっとも、思い返してみれば、セドリックの父親のことは顔立ちのいい元気な子供だと評価していた記憶はある。

あまりにも自己中心的に生きてきた伯爵は、他人の思いやりに触れて喜びを感じるという経験をしないまま老いてきた。だから、小さな子供がこれほどまでにやさしくて誠実で愛情深い親切な心を持つことができることも、ただ誰かに何かをしてあげたいという無邪気な思いから、慈愛にあふれる行動をとれることも、今、初めて知ったのだった。男の子は厳しいしつけをしなければ利己的で強欲で騒々しい不愉快な生き物になると、ずっと思いこんでいたのだ。上の二人の息子はしょっちゅう家庭教師を困らせ、厄介事を引き起こしていた。かわいがっていた末息子の方は問題を耳にしたことはほとんどなかったが、そもそも、あまり重要な存在ではなかった。孫息子を好きになろうとは、これまでちらりとも思っていなかった。セドリックを迎えに行かせたのも、誇りからやむなくしたことだ。孫が将来的に自分の跡を継ぐなら、無学の卑しい人間に地位を譲ったと世間で馬鹿にされ、ドリンコート家の名前を汚したくなかったのだ。アメリカで育ったら、粗野でくだらない人間になるにちがいないと思いこんでいた。孫への愛情などなかった。期待していたのはせいぜい、外見がそこそこで、まともな分別を持っていることぐらいだ。上の息子二人にはほとほと失望させられたし、エロル大尉がアメリカ人と結婚したことには猛烈に腹を立てていたので、その結婚から少しでもいい結果が生じるとはまったく期待していなかった。

フォントルロイ卿《きょう》がおいでです、と従僕が告げたとき、心配が当たっているのではないかと怖くて、すぐに孫を見ることができなかった。そういう不安のせいで、孫を一人で寄越すようにと命じておいたのだ。がっかりするような羽目になったとき、自分の落胆ぶりを他人に見られるのは、どうしても自尊心が許さなかった。おっとりした上品なたたずまいをした孫が、怖がる様子もなく大きな犬の首に手を置いて進み出てきたとき、伯爵の誇り高く頑迷な老いた心は躍り上がった。この上なく楽観的な気持ちになったときですら、孫がこんなふうだと想像したことはなかった。これが会うのを恐れていた子供だとは、忌み嫌っていた女の子供だとは、あまりにもすばらしくて信じられないほどだ。これほど美しく、これほど勇敢で無邪気で上品な子供だったとは！　伯爵の厳格な冷静さは、この驚くような不意打ちによって、すっかりぐらついてしまった。

それから二人の会話が始まった。すると、伯爵はまたも奇妙なほど心を動かされ、ますますとまどった。そもそも、ふだん会う人間は、伯爵の前に出ると、びくびくするか遠慮がちになるかだった。だから、孫も臆病《おくびょう》で恥ずかしそうな態度をとるに決まっていると予想していた。しかし、セドリックはドゥーガルばかりか伯爵のことも恐れなかった。無鉄砲なのではない。ただ、無邪気で人なつっこく、緊張したり恐れたりしなくてはならない理由を思いつきもしなかっただけなのだ。子供がまったく疑いもせずに自分を友人だとみなし、そう接していることに、当然ながら伯爵は気づいた。大きな椅子にすわって親しみのこもった口調でしゃべっている男の子は、大柄ないかめしい顔をした祖父が自分に親切にしてくれることを疑いもせず、祖父に会えてとても喜んでいる。それは明白だった。しかも子供なりに、祖父を喜ばせ、おもしろがらせようとしていることもはっきりしていた。怒りっぽくて冷酷で世故に長《た》けているとはいえ、老伯爵は、孫の無条件の信頼に、めったにない喜びをひそかに感じずにはいられなかった。自分を疑ったり恐れたりしない相手、自分の性質の醜い部分をえぐりだしたりしない相手と会うことはなかなかに愉快だった。それが黒ベルベットのスーツを着た小さな男の子であっても、澄んだ信頼しきった目で自分を見てくれるとうれしかった。

そこで老人は椅子の背にもたれると、セドリックにさらに話を続けさせ、例の奇妙な表情を目に浮かべて、しゃべっているセドリックを見つめていた。セドリックは祖父のすべての質問にはきはきと答え、いつものように快活に、とても落ち着いて話していた。ディックと船乗りのジェリーとリンゴ売りのおばあさんとホッブズさんについて詳しく説明した。横断幕やスライドや松明《たいまつ》や打ち上げ花火で華やかだった共和党の集会についても語った。会話が進むにつれ、七月四日の独立記念日のことになり、一段と口調に熱がこもったところで、何かを思い出したかのようにはっと口を閉じた。

「どうかしたのか？」祖父がたずねた。「どうして話を止めたんだね？」

セドリックはそわそわと椅子にすわり直した。たった今自分の胸に浮かんだ考えに気まずくなったのだろう、と伯爵にはぴんと来た。

「おじいさまが聞きたくないかもしれないって、ふと気づいたんです」セドリックは答えた。「もしかしたら、おじいさまの知り合いが向こうで戦ったかもしれない。ぼく、忘れていました、おじいさまがイギリス人だってことを」

「続けてかまわんよ。わしの知り合いは誰も戦地に行っておらん。それに、おまえもイギリス人だってことを忘れているようだな」

「いえ、ちがいますよ」セドリックはすぐさま反論した。「ぼくはアメリカ人です！」

「おまえはイギリス人だ」伯爵は断固たる口調で否定した。「おまえの父親はイギリス人なんだからな」

そう言いながらも伯爵は少しおもしろがっていたが、セドリックにとってはそれどころではなかった。そんな話の流れになるとは予想していなかったのだ。セドリックは髪の根元まで真っ赤になった。

「ぼくはアメリカで生まれました」セドリックは反論した。「アメリカで生まれたら、アメリカ人にならなくちゃいけないんです。ごめんなさい、言い返したりして」とても礼儀正しく、気を遣って言い添えた。「ホッブズさんが言ったんです。もしまた戦争が起きたら、ぼくは絶対に――アメリカ人じゃないといけないって！」

伯爵は苦笑いをもらした。短くて不機嫌そうな笑い声だったが、まちがいなく笑ったのだった。

「ほう、そうするつもりなんだね？」

伯爵はアメリカもアメリカ人も大嫌いだったが、この幼い子がとても真剣に熱をこめて愛国心について語っている姿は好ましかった。これほど立派なアメリカ人であれば、大人になったら、それにひけをとらない立派なイギリス人になるだろう。

ディナーが用意できたと知らされたので、アメリカ革命について、それ以上深く語り合う時間はなかった。それに、セドリックの方も、その話題はもう蒸し返さない方がいいと察したようだ。

セドリックは椅子から立つと、伯爵に近づいていった。彼は祖父の痛風を病んでいる足を見下ろした。

「お手伝いしましょうか？」セドリックは礼儀正しく言った。「ぼくに寄りかかってくださっていいですよ。以前、ホッブズさんの足の上にジャガイモの樽《たる》がころがってきて怪我をしたときは、いつも支えてあげたんです」

大柄な従僕はあやうく微笑みそうになり、評判をだいなしにし、職を失いかねないところだった。彼は貴族のうちでも一流の貴族にばかりずっと仕えてきた有能な従僕だったので、笑ったことはこれまで一度もなかった。どんな状況であれ、笑うなどという不埒《ふらち》な行動をとってしまったら、従僕の面汚しだし不作法きわまりないと恥じ入ったことだろう。しかし、どうにか切り抜けることができた。伯爵の頭越しにおそろしく醜悪な絵画に視線をすえることで、クビにならずにすんだ。

伯爵は勇敢な幼い孫息子をじっくりと眺めた。

「おまえにできると思うのかね？」無愛想にたずねた。

「ぼく、できると思います。力持ちですし、もう七つですから。片手で杖《つえ》をついて、もう片方の手でぼくにつかまってください。七つにしては筋肉がずいぶんあるねって、ディックに言われているんです」

セドリックはディックが親切にもほめてくれた筋肉を伯爵に見せようとして、拳《こぶし》を固めて、それをぐいっと肩の方に持ち上げた。その顔は真剣そのものだったので、従僕はまたもや、例のみっともない絵を穴の開くほど見つめねばならなかった。

「そうか。やってみろ」伯爵は言った。

セドリックは伯爵に杖を渡すと、立ち上がるのに手を貸した。通常だとこれは従僕がする仕事で、伯爵の痛風がひどく痛むときは、罵詈雑言《ばりぞうごん》を容赦なく浴びせられた。そもそも伯爵は礼儀正しい人間とは言えなかったので、彼に仕える大男の従僕たちは堂々たる制服姿とは裏腹にたびたび震え上がったものだ。

しかし、痛風の足はかなり痛んだが、今夜の伯爵は罵《ののし》らなかった。伯爵は孫を試してみることにしたのだ。セドリックはゆっくりと立ち上がり、大変な勇気で差しだされた小さな肩に片手を置いた。セドリックは痛風の足を見下ろしながら、慎重に一歩進んだ。

「さあ、ぼくにもたれてください」セドリックは元気な声で励ました。「とてもゆっくり歩きますね」

従僕に支えられたなら、伯爵は杖にはほとんど頼らず、従僕の腕にぐっと体重をかけただろう。さすがにそこまではしなかったが、決して軽いとは言えない重みを孫に感じさせるのも、この試みの一部だ。伯爵がずっしりと体重をかけると、数歩歩いたところで、セドリックの幼い顔は熱く火照《ほて》り、心臓の鼓動が猛烈に速まってきた。それでも自分の筋肉とディックがそれをほめてくれたことを思い出しながら、足をしっかり踏ん張った。

「遠慮しないでもたれてくださいね」セドリックは荒い息をつきながら言った。「ぼく、だ、大丈夫ですから——その、あまり遠くまで行くんじゃなければ」

ダイニングルームはすぐそばだったが、やっとテーブルの上座にたどり着いたときには、セドリックはかなりの距離を歩いた気がした。なにしろ一歩ごとに肩に置かれた手は重くなる気がしたし、顔がますます赤くなり、熱く火照り、息が上がったのだ。でも、降参するつもりはなかった。幼い筋肉にさらに力をこめ、頭をまっすぐ起こし、足をひきずっている伯爵を励まそうとして話しかけた。

「まっすぐ立つと、足はとても痛みますか？　辛子を入れたお湯に浸《つ》けてみたことはありますか？　ホップズさんはよくお湯に浸けていましたよ。アルニカチンキもよく効くって話ですね」

二人のかたわらを大きな犬がゆったりと歩いていく。そのあとを大男の従僕が続く。小さな男の子がありったけの力を振り絞り、純粋な善意から重い体を支えているのを見て、従僕は何度かひきつったようなおかしな顔をした。伯爵も真っ赤に火照った顔を横目でちらっと見ると、何かこらえているような妙な表情を浮かべた。

食事をする部屋に入っていくと、そこはとても広く、立派な部屋だった。テーブルの上座の椅子の後ろに控えていた従僕は、伯爵たちが入っていくと目を丸くした。

二人はようやく椅子までたどり着いた。セドリックの肩から手を離し、伯爵は堂々と席についた。

セドリックはディックのハンカチをとりだし、額の汗をふいた。

「今夜は暖かいですね。でも、おじいさまは火を焚《た》いていた方がいいでしょうけど――足が冷えるといけないから。ぼくにはちょっと暑すぎるみたいです」

セドリックは祖父の気持ちをとても細やかに気遣って、そう言った。部屋で焚かれている火が不必要だとほのめかしているようには思われたくなかったのだ。

「ずいぶん骨が折れただろう」伯爵がねぎらった。

「いえ、そんなことありません！　ちっとも大変じゃなかったけど、ちょっとだけ暑くなっちゃって。夏にはみんな暑くなるものですよね」

そう言うと、汗で湿った巻毛を派手なハンカチでごしごしふいた。セドリックの椅子は祖父の椅子と向かい合うように、長いテーブルの反対側に用意されていた。その椅子は肘掛《ひじか》けがついていて、セドリックよりもずっと大柄な人のために作られたものだった。それどころか、これまでセドリックが目にしてきたもの――大きな部屋も、高い天井も、重厚な家具も、大男の従僕も、大きな犬も、大柄な伯爵も、何もかもがとても大きくて、セドリックは自分がとても小さいことを改めて実感させられた。しかし、セドリックはそのことを気にしていなかった。自分を格別大きいとも、えらいとも思ったことがなかったので、威圧されるような場所にいても、すんなりとそこに溶けこむことができたのだ。

テーブルの端に置かれた大きな椅子にすわると、これまで以上にセドリックはとても小さく見えた。伯爵は孤独な暮らしだったが、贅沢《ぜいたく》を好んでいた。とりわけ夜の食事は大切にしていて、正式な晩餐《ばんさん》会のときと同じように手の込んだ料理を出させた。セドリックはきらきら輝くグラスや皿越しに祖父を見やったが、そういうものに不慣れな彼にはまぶしいほどだった。この場面を垣間《かいま》見た人は、口元をほころばせたかもしれない。広々とした豪華な部屋、制服姿の大柄な使用人たち、まばゆい照明、輝く銀器やグラス、テーブルの上座についたいかめしい表情の老貴族と、下座にすわる小さな男の子。ディナーは伯爵にとって、とても重要な問題だった。つまり、コックにとっても大問題だということだ。もしも伯爵が料理を気に入らなかったり、食が進まなかったりしたら、大変なことになる。しかし、今日はいつもより食欲があるようだった。というのも、今夜の伯爵には、メイン料理の味つけやグレービーソースの出来映えの他に考えることがあったせいだろう。孫息子が考える材料を与えてくれたのだ。伯爵はテーブルの向こうにすわる孫息子に視線をすえ、自分はあまり言葉を発さず、もっぱら孫がしゃべるにまかせた。子供の話を聞いておもしろいと感じることなぞ、伯爵はこれまで想像すらしなかった。しかし、セドリックはたちまちのうちに伯爵の心をつかみ、楽しませてくれた。孫の勇気と忍耐力がどれほどのものかを試そうとして、さっき幼い肩にあえて体重をかけたときのことが繰り返し頭に浮かんだ。孫息子は重さにひるまず、やると決めたことを止めようとは一瞬たりとも考えなかったようだ。伯爵はそのことがうれしかった。

「宝冠はいつもつけていらっしゃるわけではないのですか？」セドリックはうやうやしくたずねた。

「ああ」苦笑を浮かべて伯爵は答えた。「あれはわしに似合わんからな」

「貴族はいつもつけている、ってホッブズさんは言ってました。だけど、よく考えてみたら、帽子をかぶるときにはとるんじゃないかって」

「そうだ。ときどきはずしている」

すると従僕の一人がふいに顔をそむけ、口元に手をあてがって小さく奇妙な咳《せき》をした。

セドリックが最初にディナーを食べ終わり、椅子にもたれると部屋をぐるっと見回した。

「このお屋敷のこと、さぞ誇りに思っていらっしゃるのでしょうね。こんなに美しい家ですもの。ぼく、こんなにきれいな家って見たことがありません。だけど、まだ七つだから、あまりいろいろなものは見てませんけど」

「わしがこの家を誇りにしていると思うのか？」

「誰だって誇りに感じると思います。これがぼくの家だったら、やっぱり誇りに感じると思います。何もかもがきれいです。それに庭園も、あそこに生えていた木も。とても美しくて、葉っぱがざわざわ鳴ってました！」

そこで言葉を切り、無念そうにテーブルの向こうに視線を向けた。

「二人だけで住むにはずいぶん大きい家ですよね？」

「二人で住むには相当に余裕があるかな。おまえは広すぎると思うのかね？」

セドリックはちょっとためらった。

「ちょっと考えていたんです。あまり仲良くない二人が暮らしていたら、ときどき寂しく感じるんじゃないかなって」

「わしはいい友達になれると思うかね？」伯爵はたずねた。

「はい。ぼくたちはいい友達になれると思います。ホッブズさんとぼくは親友でした。大好きな人以外で、いちばんの仲良しだったんです」

伯爵はもじゃもじゃの眉《まゆ》をぴくりと動かした。

「大好きな人というのは誰かね？」

「お母さまです」セドリックは低い小さな声で、そっと言った。

ふだんの就寝時間が近づいていたので、おそらく少し疲れていたのだろう。この興奮する数日間のあとでは疲れるのも無理はなかった。もしかしたらその疲労感によって、今夜は〝親友〟の愛情のこもった目に見守られて家で眠りにつくのではないことを思い出し、なんとなく寂しくなったのかもしれない。少年と若い母親はずっと〝親友〟だった。セドリックは母のことを考えないわけにいかなかったし、母のことを考えれば考えるほど、口数が少なくなり、ディナーが終わったときにはその顔がかすかに曇っているのを伯爵は見てとった。しかし、セドリックはとても気丈にふるまった。書斎に戻るときは、長身の従僕が主人を片側から支えていたものの、再び伯爵の手に小さな肩を差し出した。もっとも、来るときほどその手は重くなかったが。

従僕がさがって祖父と二人だけになると、セドリックはドゥーガルと並んで炉端の敷物にすわった。しばらくの間、セドリックは犬の耳をなでながら、無言で暖炉の火を見つめていた。

伯爵はその様子を観察していた。少年の目は悲しげで、何か悩んでいることでもあるのか、一、二度、小さなため息をもらした。伯爵は椅子にすわって、孫息子に視線をすえていた。

「フォントルロイ」とうとう伯爵は声をかけた。「何を考えておるのだ？」

セドリックは無理やり笑みを浮かべると、顔を上げた。

「大好きな人のことを考えていたんです。それと――立ち上がって部屋を歩き回ろうかなと思って」

セドリックは立ち上がると、両手をポケットに突っ込み、行ったり来たりしはじめた。その目は涙に濡《ぬ》れてきらめき、唇はぎゅっと結ばれている。しかし、頭をしゃんと起こし、足取りはしっかりしていた。ドゥーガルはゆっくりと体を起こしてセドリックを見ると、立ち上がった。子供のそばに近づき、不安そうに後をついていく。セドリックは片手をポケットから出すと、犬の頭に置いた。

「とてもいい犬ですね。ぼくたち、もう友達ですよ。ぼくの気持ちをわかってくれるんですもの」

「どういう気持ちなんだ？」

小さな孫がホームシックと初めて戦っているのを目の当たりにして、伯爵は心を乱された。しかし、孫がそれに耐えようとしてとても健気にふるまっていることは、誇らしかった。子供の勇気に感心させられた。

「こっちにおいで」伯爵は言った。

セドリックは祖父の方に歩いていった。

「ぼく、これまで自分の家を離れたことがなかったんです」セドリックは茶色の目に不安そうな表情を浮かべていた。「誰だって、自分の家じゃなくて誰かのお城で一晩過ごすことになったら、とても妙な気持ちになりますよね。でも、お母さまはここから遠くない場所にいます。そのことを忘れないで、って言ってました。それに、ぼくはもう七つなんだし、いつでもお母さまがくれた写真を見られます」

セドリックは片手をポケットに入れ、小さなすみれ色をしたベルベット張りの写真入れをとりだした。

「これです。ほら、このバネを押すと蓋《ふた》が開いて、お母さまが現れるんです！」

伯爵の椅子のすぐそばまで近づき、小さな写真入れを差し出しながら、まるでいつもそうしているかのように、とてもうちとけた態度で椅子の肘掛《ひじか》けに寄りかかり、さらには老人の腕にまでもたれた。

「ほら、お母さまですよ」そう言いながら写真入れを開くと、笑顔で伯爵を見上げた。

伯爵は眉を寄せた。写真など見たくなかったのに、つい目を向けてしまった。写真入れからこちらを見上げていたのは、とても若くてきれいな顔だった。それはかたわらにいる子供とあまりにもそっくりだったので、伯爵は息を呑《の》んだ。

「おまえは母親のことをとても好きなようだな」伯爵は言った。

「はい」セドリックはやさしい口調で、きわめて率直に答えた。「そうだと思います。本当に。ホッブズさんはぼくの友達だし、ディックもブリジェットもメアリもマイケルも、みんな友達です。だけど、大好きな人は——ぼくといちばん仲良しで、お互いに何でも話します。お父さまがいなくなってしまったから、ぼくはお母さまを大切にして、大人になったら働いて、お金を稼ぐつもりです」

「何をするつもりでいるんだね？」伯爵は質問した。

セドリックは炉端の敷物にすわると、片手に写真を握りしめたまま、しばらく黙りこんでいた。返事をする前に、真剣に考えているようだった。

「ホッブズさんといっしょに商売をしてもいいな、と思っていたんです。だけど、本当は大統領になりたいんです」

「じゃあ、代わりにイギリスの貴族院に送りこんでやろう」祖父は言った。

「そうですね。もし大統領になれなくて、貴族院がいい仕事なら、それでもかまいません。食料品店は景気が悪いこともありますからね」

おそらくその問題を頭の中で検討していたのだろう、それっきりセドリックは押し黙って暖炉の火を見つめていた。

伯爵も口を開かなかった。椅子にもたれ、孫を見つめていた。これまで感じたことのなかったような思いが、次から次に老伯爵の胸をよぎった。ドゥーガルは体を伸ばし、大きな前足に頭をのせてぐっすり眠りこんでしまった。長い静寂が続いた。

三十分ほどしてハヴィシャム氏が呼ばれた。彼が入っていったとき、大きな部屋はとても静かだった。伯爵は椅子にもたれてすわっていた。ハヴィシャム氏が近づいていくと、身じろぎし、警告するように片手を上げた。そんなつもりはなかったのに、反射的にしてしまったかのようだった。ドゥーガルはまだ眠っていた。そして、大きな犬に寄り添うようにして、巻毛の頭を腕にのせ、セドリックもぐっすり眠っていた。

6　伯爵と孫息子

朝になって目が覚めたとき、セドリックが最初に耳にしたのは燃える薪がパチパチはぜる音と、ささやき声だった。ゆうべはベッドに運ばれていくのも知らず、すやすや眠っていたのだった。

「気をつけてちょうだいよ、あのことについては何も言わないようにね、ドーソン」誰かが言っていた。「奥さまがいっしょに暮らしていない理由をご存じないんだし、そのことは秘密にしておかなくちゃならないのよ」

「それが伯爵さまのご命令なら、秘密は守らないわけにいきませんね」別の誰かの声が答えた。「だけど、使用人のくせにさしでがましいですけどね、ここだけの話ってことで好きに言わせてもらえるなら、ひどい話ですよ――あの若くてきれいな気の毒にも夫を亡くされた女性から、血を分けた我が子を引き離すなんて。しかも、まだお小さいのに、こんなにきれいで気品があるお子さまですものねえ。ゆうべ使用人部屋で、ジェームズとトーマスが、あれは見たこともないような光景だったって話してましたよ。世の中のどんな従僕だって見たことがないだろうって。無邪気で礼儀正しくて、まるで親友といっしょにすわっているみたいに楽しそうだったとか。しかも天使みたいなご気性でね。それに比べると、こんなこと申し上げるのもなんだけど、お相手はときどき、あたしらに血も凍るような思いをさせるお方ですからねえ。しかも、愛らしいお顔ったら、なかったですよ。ジェームズとあたしが書斎に呼ばれて、ジェームズが腕に抱いてこの寝室までお運びしたんです。あどけないお顔は薔薇《ばら》色に染まっていて、小さな頭をジェームズの肩に預けていたんですけどね、広がった巻毛が金色に輝いていて。あんなにかわいらしくて、うっとりする光景はめったに見られたもんじゃありませんよ。あたしの見たところ、伯爵さまも同じように感じたらしくて、ジェームズに『起こさんように気をつけろ！』っておっしゃったんです」

　セドリックは枕の上の頭を動かし、目を開けた。

　部屋には二人の女性がいた。部屋は華やかな花模様の木綿の布地で明るく陽気に飾られ、暖炉で火が燃え、日の光が蔦《つた》のからまる窓から射しこんできている。二人が近づいてくると、片方は家政婦のメロン夫人だと気づいた。もう一人は感じのいい中年女性で、とてもやさしく気立てのよさそうな顔をしていた。

「おはようございます、フォントルロイさま」メロン夫人が言った。「よくおやすみになれましたか？」

セドリックは目をこすってにっこりした。

「おはようございます。ここに来たの、知りませんでした」

「眠っていらっしゃるあいだにこちらにお運びしましたから」家政婦が言った。「ここはフォントルロイさまの寝室で、こちらがお世話係のドーソンです」

セドリックはベッドの上にすわり、ドーソンに片手を差しだした。伯爵に握手の手を差しだしたときとまったく同じように。

「はじめまして、おばさま。ぼくのお世話に来てくださってありがとうございます」

「ドーソンとお呼びください」家政婦が笑顔で言った。「いつもドーソンと呼ばれるのに慣れておりますから」

「ミス・ドーソンですか、それともドーソン夫人ですか？」セドリックはたずねた。

「ドーソンと呼び捨てでけっこうでございますよ」ドーソンは満面に笑みを浮かべて答えた。「そんなごていねいにもったいないことです！ そろそろ起きられますか？ ドーソンにお着替えをお手伝いさせてください。それから子供部屋で朝食を召し上がりませんか？」

「ありがとう、でも、ぼく、ずっと前から一人で服を着られるようになっているんです」セドリックは答えた。「大好きな人が教えてくれたんです。〝大好きな人〟っていうのはぼくのお母さまです。メアリ一人で家のことを全部——洗濯も何もかもやっていたから、仕事をあまり増やしちゃ悪いですものね。ぼく、一人でお風呂《ふろ》だって入れるんですよ、とっても上手に。ただ、ちゃんと洗えているか、あとで点検してもらえるとうれしいんですけど」

ドーソンと家政婦は目を見合わせた。

「ドーソンに頼めば、何でもいたしますよ」メロン夫人は言った。

「ええ、喜んでいたしますとも」ドーソンは気のいい温かい口ぶりで言った。「では、ご自分でお着替えなさいまし。あたしはおそばに控えていて、必要ならいつでもお手伝いいたしますから」

「ありがとうございます」セドリックは応じた。「ときどき、ボタンを留めるのがちょっとむずかしくて。そういうときはお願いしなくちゃなりませんね」

セドリックはドーソンをとても親切な女性だと思い、お風呂と着替えも終わらないうちに、二人はすっかり親しくなっていた。ドーソンのこともいろいろ聞かせてもらった。ご主人は兵士で、戦場で命を落としたこと。息子さんは船乗りで、長い航海に出ていて、海賊や残虐な人種と遭遇したことがあるし、中国人やトルコ人とも会ったことがある。おみやげに持って帰ってきた珍しい貝殻やサンゴをいくつかトランクにしまってありますから、いつでもお見せしますよ、とドーソンは言ってくれた。どれもこれも、わくわくする話ばかりだった。さらに、ドーソンは小さな子供の世話係を長年してきて、イギリスの別の土地にある大きなお屋敷から来たばかりだということもわかった。そのお屋敷では、レディ・グウィネス・ヴォーンというかわいらしいお嬢さまのお世話をしていたそうだ。

「そのお嬢さまはフォントルロイさまとは親戚《しんせき》筋に当たられるので、いずれお会いになることがあるでしょう」ドーソンはそう言った。

「そうなの？」セドリックは言った。「ぜひ会ってみたいな。ぼく、女の子って一人も知り合いがいないんです。いつも遠くから見ているばっかりで」

朝食をとるために続き部屋に行くと、そこはとても広く、おまけに、その先にも部屋があり、そこもフォントルロイさまのお部屋ですよ、とドーソンに教えられた。またもや自分がとても小さいという事実を強く意識させられたので、朝食がきれいに並べられたテーブルにつくと、ドーソンにその気持ちを打ち明けた。

「ぼく、まだ小さい子供なのに、こんなに大きなお城に住んで、大きな部屋をいくつももらって――それでかまわないのかなあ？」とまどった口ぶりで、セドリックはたずねた。

「あら、もちろんですよ。初めてなので、ちょっと妙な気がされているんでしょう。でも、すぐにお慣れになって、きっとここがお気に召しますよ。こんなに美しい場所ですものね」

「もちろん、とても美しい場所ですね」セドリックはため息をついた。「だけど、お母さまがいないから寂しくて。いっしょだったら、ずっとよかったんだけど。朝はいつもお母さまと食事をして、お母さまのお茶にお砂糖やクリームを入れてあげたり、トーストを渡してあげたりしていたんです。そういう朝食は話もはずんでとっても楽しかったなあ」

「あら、でも、毎日でもお母さまにお会いになれますよ」ドーソンはなだめた。「お母さまにお話しすることが、さぞどっさりあることでしょうね。ともあれ、まずちょっと歩き回って、いろいろ見てごらんになるとよろしいですよ——犬や馬がずらっといる厩舎《きゅうしゃ》とか。そのうちの一頭はぜひとも見たいことでしょうね——」

「馬がいるの？」セドリックは叫んだ。「馬、大好きなんです。ジムのことも大好きだった。ジムって、ホップズさんのところで食料品の荷車を引いていた馬で、きれいな馬なんです。たまに言うことを聞かないときはあったけど」

「では、厩舎で何が見られるか楽しみですね。それに、まあ、お隣のお部屋もまだ見ていらっしゃいませんよ！」

「向こうには何があるの？」

「まず朝食を召し上がって、それから見に行かれるとよろしいですよ」

この言葉にがぜん興味がわいてきて、セドリックはせっせと朝食を食べた。隣の部屋にはすばらしいものがあるにちがいない、と思った。ドーソンがとても思わせぶりで、もったいぶっていたからだ。

「ごちそうさま」数分後、セドリックは椅子を滑り降りた。「もう、おなか一杯。見に行ってもいいですか？」

ドーソンはうなずくと先に立って歩きだしたが、相変わらず秘密めかした重々しい態度をとったので、セドリックの好奇心はますます煽《あお》られた。

ドーソンが部屋のドアを開けると、セドリックは入り口で棒立ちになり、驚きに目を丸くした。口がきけなかった。両手をポケットに突っ込み、顔を真っ赤にして、ただ部屋をのぞきこんでいるばかりだった。

顔が赤くなったのは、とても驚くと同時に興奮したからだ。こんな部屋を目にしたら、普通の男の子は誰だって息を呑《の》むだろう。

これまでの部屋と同じように、こちらの部屋も広々としていて、さらに美しかった。ただし、いくぶん趣きはちがっている。階下の部屋部屋で目にしたような重厚なアンティーク家具は置かれてなく、カーテンや敷物や壁はもっと明るい色合いだった。本がぎっしり並んだ書棚があり、テーブルにはたくさんのおもちゃがあった。美しく精巧なものばかりだ。ニューヨークの店のウィンドウでなんて見事なのだろうと、うっとりしながら見とれていたようなものがずらっと並んでいる。

「ここ、男の子の部屋みたいですね」少し息を切らしながら、ようやく言葉を発した。

「誰の部屋ですか？」

「中に入ってごらんなさいませ。フォントルロイさまのお部屋ですよ！」ドーソンが言った。

「ぼくのですって！」セドリックは叫んだ。「ぼくのもの！　どうしてぼくのものなの？　誰がぼくにくれたの？」そう言うと、小さな歓声をあげながら部屋に飛びこんでいった。信じられないほどすばらしかった。「おじいさまだ！」セドリックは目を星のようにきらめかせながら叫んだ。「おじいさまがくださったんだ！」

「ええ、そのとおりですよ。フォントルロイさまが小さな紳士みたいにお利口にして、駄駄をこねたりせず、いつも楽しくお幸せに過ごしていらしたら、おじいさまはほしいものを何でもくださいますよ」

　とてもわくわくする朝だった。調べるものも、試してみるものもどっさりあったのだ。どの新しいおもちゃを手にとってもセドリックは夢中になり、なかなか次のものに目がいかなかった。それに、このすべてが自分一人のためだけに用意されたというのは、とても不思議なことだった。つまり、自分がニューヨークを出発すらしないうちに、ロンドンからたくさんの人がやって来て、自分の滞在する部屋を整え、興味が持てそうな本やおもちゃを買ってくれたのだから。

「こんな親切なおじいさまがいる子って、他にはいませんよね？」セドリックはドーソンにたずねた。

　ドーソンの顔には一瞬、困ったような表情が浮かんだ。伯爵のことはあまりよく思っていなかったからだ。最近城に来たばかりだったが、使用人部屋であけすけに噂されている老伯爵のゆがんだ性分については、すでにさんざん耳にしていた。

「おれも何の因果か、性根のひん曲がった乱暴で癇癪《かんしゃく》持ちの主人ばっかに仕えてきたけどさ、うちの伯爵はその誰よりも、飛び抜けてひでえよ」いちばん背の高い従僕が話していた。

　そして、このトーマスという従僕は、伯爵が部屋の準備についてハヴィシャム氏に指示したときの言葉を、使用人仲間たちにそっくりそのまま聞かせてやった。

「部屋をおもちゃで一杯にして、好きにやらせろ。おもしろがるものを何でも与えておけ。そうすれば、たちまち母親のことなど忘れてしまうはずだ。楽しませて、何かに夢中にさせておけばいい。そうすれば面倒も起きんだろう。男の子なんてそんなものだ」伯爵はそう言い放ったのだった。

　そうやって子供のご機嫌をとる目論見《もくろみ》だったのに、セドリックが予想していたような男の子とはちがうようだと気づき、おそらく伯爵はいささか不安だったのだろう。ゆうべはよく眠れず、午前中は自分の部屋にこもっていた。しかし正午に昼食をすませたあとで、孫息子を呼びにやらせた。

セドリックはすぐにやって来た。広い階段を弾むような足取りで下りてきて、廊下を走ってくる足音が伯爵にも聞こえた。ドアが開くと、赤い頬をして目を輝かせたセドリックが飛びこんできた。

「呼ばれるのを待っていました。ずっと前から今か今かって。こんなにいろいろしてくださって、本当に感謝しきれません！　午前中はずっとおもちゃで遊んでいました」

「そうか。気に入ったかな？」

「とっても。言葉では言えないぐらい気に入りました！」喜びに顔を輝かせてセドリックは言った。「それで、野球みたいなゲームがあったんです。ボードで黒と白のコマを動かして、点数は針金に通した玉で計算するんです。ドーソンに教えようとしたんだけど、最初のうちはよくわからなくて。ドーソンは野球をしたことがないし、女の人だからですね。それに、ぼくも上手に説明ができなかったみたい。だけど、おじいさまはよくご存じですよね？」

「いや、残念ながら知らないな。野球はアメリカのゲームだろう？　クリケットのようなものかね？」

「ぼく、クリケットって観たことないんです。だけど、野球観戦にはホッブズさんに何度か連れていってもらいました。すごいゲームで、すっかり興奮しちゃった！　そのゲームをとってきて、お見せしましょうか？　楽しくゲームをしていれば、足が痛いのも忘れられるかもしれませんよ。今朝は足の具合はどうですか？」

「いいとは言えんな」という答えだった。

「じゃあ、痛みは忘れられないかもしれないなあ」セドリックは心配そうだった。「もしかしたらゲームの話なんて耳障りなだけかもしれませんね。楽しめそうですか、それともうるさいでしょうか？」

「行ってとってきなさい」伯爵は言った。

ゲームのやり方を教えようとする子供の相手をするなんて、伯爵にとって経験したこともない気晴らしだった。しかし、その目新しさが伯爵にはおもしろく感じられた。セドリックがゲームの入っている箱を抱えて戻ってきたとき、伯爵の口元にはかすかな微笑が浮かんでいた。セドリックの顔は熱意にあふれ、やる気まんまんだった。

「あの小さなテーブルをこっちの椅子のそばに運んできてもいいですか？」セドリックはたずねた。

「ベルを鳴らしてトーマスを呼びなさい」伯爵は言った。「おまえのためにテーブルを運んでくれるだろう」

「でも、自分でできますよ」セドリックは答えた。「そんなに重くないもの」

「じゃあ、やってみろ」祖父は答えた。子供が意気込んで準備をしているのを見守っているうちに、老伯爵の顔のかすかな笑みはどんどん大きくなっていった。セドリックは準備にのめりこんでいた。小さなテーブルをひきずってきて、伯爵の椅子のかたわらにすえると、箱からゲームをとりだし、その上に置く。

「やってみると、すごくおもしろいんです。いいですか、黒いコマがおじいさまで、白がぼくです。ええと、このコマは選手で、フィールドを一周したら、ホームランで一点入ります。こういうのはアウトです。それから、これが一塁でこれが二塁、それが三塁で、そっちがホームベースです」

セドリックは生き生きと楽しげに詳細な説明をした。本物のゲームでのピッチャーやキャッチャーやバッターの動作を真似してみせ、ホッブズさんと観たゲームで、ここぞという場面でキャッチされたすごい打球について目に浮かぶように語った。少年の潑剌《はつらつ》としたしなやかな体つきも、熱のこもった身振り手振りも、それを心から楽しんでいる様子も、見ていてとても気持ちがよかった。

とうとう、説明と実演が終わり、真剣にゲームが始まってからも、伯爵はおおいに楽しんだ。子供はすっかり夢中になっていて、実に楽しそうに無邪気にゲームをしていた。いい球《たま》を投げるとはしゃいだ笑い声を響かせ、ホームランには熱狂し、自分でも相手でも幸運に恵まれたときは同じように喜んだので、どのゲームも興趣が増した。

その日のドリンコート伯爵は子供のゲームのおかげで痛風の痛みも不機嫌も忘れ、

白と黒の木製のコマを派手なボードの上で動かし、巻毛の男の子の相手をしているだろう、と一週間前に誰かに予言されたら、伯爵は絶対にむっとしただろう。ところがドアが開いてトーマスがお客様だと告げたとき、伯爵はゲームに没頭していた。

当の訪問者は年配の黒ずくめの紳士で、教区の牧師だったが、目にした光景にひどく肝をつぶし、思わず一歩あとずさって、トーマスとぶつかりそうになった。

実を言うと、城を訪問して伯爵に会うことほど、モーダント牧師にとって嫌な仕事はなかった。伯爵はいつも地位と権力をかさにきて、牧師の訪問をできるだけ不愉快なものにしようとするのだ。教会や慈善事業というものが伯爵は大嫌いで、借地人の誰かがお金がなかったり病気になったりして助けが必要になると、そんなことになったのは自分が悪いのだ、と激怒した。痛風の痛みがひどいときは、みじめな連中の話はうんざりだ、いらいらする、と平然とはねつけた。痛風の状態がいくらかましで、多少とも情け深い気持ちになっているときは、多少の金をくれた。ただし、まず嫌みたっぷりにいばりちらし、教区の連中はどいつもこいつも怠け者で無能ぞろいだ、とこきおろしてからだった。しかし、機嫌がどうであろうと、常にさんざん皮肉を言われ、屈辱的な言葉をぶつけられたので、何か重いものを相手に投げつけても、まっとうなキリスト教徒のおこないとして許されればいいのに、とモーダント牧師はひそかに思わずにいられなかった。モーダント牧師がドリンコートの教区の担当になって何年もたつが、伯爵が自発的に親切をほどこしたり、いかなる状況であれ、自分以外の誰かのことを思いやったりするのは見たことがなかった。

　今日は差し迫った用件があって、伯爵に相談に来たのだった。並木道を歩きながら、ふたつの理由から、いつも以上に伯爵を訪問することで気が滅入っていた。第一に、ここ数日、痛風が悪化して、ぞっとするほど虫の居所が悪いと、村の方まで噂が流れていたからだ。城の若い女性使用人の一人が、村で小さな店をやっている姉のディブル夫人にしゃべったのだ。姉は縫い針や木綿糸やペパーミントを商って暮らしを立てながら、ついでに噂も流していた。城にしろ農場にしろ村にしろ、そこの住人についてディブル夫人が知らないことは噂にする価値もないという意味だった。当然、彼女はお城のことを何から何まで知っていた。なぜなら妹のジェーン・ショーツは部屋係のメイドで、おまけに従僕のトーマスととても仲が良かったからだ。

「それに伯爵さまのひどいなさりようったら！」ディブル夫人はカウンター越しにしゃべった。「まったくもう、あんまりにもあしざまにおっしゃるもんだから、トーマスさんはたとえ使われる身でも我慢できないって、ジェーンに嘆いたそうだよ——つい二日前には、トーストの皿を投げつけられたっていうんだからねえ。それ以外は居心地がよくって、使用人同士が和気あいあいとしているから我慢してるけど、でなかったらすぐにでも辞めてやるって！」

牧師はそういう話を残らず聞いていた。伯爵の悪口はコテージでも農場でも格好の話題だったからだ。たくさんの女性たちがお茶を飲みながら、伯爵の暴虐について噂しあっていた。

そして第二の理由はさらに気が重かった。誰もがその目新しい話題に飛びつき、興奮し、面白おかしくしゃべりあっていた。

末息子のハンサムな大尉がアメリカ人女性と結婚したとき、伯爵が怒り狂ったことは有名だった。伯爵は大尉にむごい仕打ちをし、体格がよくて陽気で笑顔がすてきな青年、伯爵一家でただ一人、みんなに好かれていたこの青年は、異国の地で勘当も解けぬまま貧困のうちに亡くなった。さらに息子の妻だった気の毒な若い女性を伯爵が毛嫌いし、女性の子供のことも無視し、上の二人の息子が亡くなり、跡継ぎがいなくなるまで会ってみようともしなかった。そうしたことは周知の事実だった。結局、孫息子を迎えることになったものの、伯爵には愛情や喜びのかけらもなく、どうせ下品で始末に負えない小生意気なアメリカ人の子供で、家名の誉れどころか、名を汚すに決まっている、と考えていることも知れ渡っていた。

誇り高く怒りっぽい老伯爵は、そういう考えは誰にも知られていないと思いこんでいた。心の中の思いが他人に勘づかれ、自分の感じていることや恐れていることが噂になっているとは、まさか思っていなかったのだ。しかし、使用人たちは伯爵を観察し、顔色や不機嫌や憂鬱《ゆううつ》の裏を読み、使用人部屋であれこれしゃべりあっていたのだ。しかも、世間には何も知られていないと伯爵はたかをくっていたが、トーマスはジェーンやコックや執事や部屋づきメイドや他の従僕に、「大尉の息子が来るってんで、いつもよりご機嫌斜めだぜ。家名に泥を塗られるんじゃないかって心配なのさ。ふん、いい気味だよ。まさに自業自得ってやつさ。アメリカみてえな国で貧乏育ちをした子供なんて、たかが知れてるだろうが」などと自分の意見を聞かせていた。

そしてモーダント牧師は大きな木々の下を歩きながら、その話題の少年がゆうべ城に着いたばかりだということを思い出した。となると、おそらく伯爵の最大の不安は十中八、九、現実になっていて、まちがいなく気の毒な子供は伯爵を失望させていることだろう。いまや伯爵は怒りをたぎらせている最中で、最初に訪ねてきた相手に八つ当たりするにちがいない。そしてその相手は牧師自身になりそうだった。

だから、トーマスが書斎のドアを開けたとき、楽しげな子供の笑い声に出迎えられた牧師の驚きといったらなかった。

「ツーアウトだ！」興奮した明るい声が叫んだ。「ほら、ツーアウトですよ！」

伯爵は椅子にすわり、フットスツールに痛む足をのせていた。そのかたわらには、小さなテーブルがありゲームが置かれている。伯爵のすぐそばには少年がいて、伯爵の腕と痛風ではない方の膝《ひざ》にもたれかかるようにしている。その顔は楽しげに輝き、目は興奮できらめいていた。「ツーアウト！」牧師が初めて見る少年は叫んだ。「今度ばかりはおじいさまも運がありませんでしたね？」そのとき、二人は誰かが部屋に入ってきたことにようやく気づいた。

伯爵はいつもの癖で、もじゃもじゃの眉《まゆ》を寄せて部屋を見回した。そして来客が誰なのかを知っても、ふだんほど無愛想な顔にならなかったので、モーダント牧師はまた驚いた。それどころか、いつも大変に気むずかしく、その気になればいくらでも不愉快な人間になれるということが、目の前の伯爵の様子からは想像がつかなかった。

「きみか」いつものそっけない声だったが、片手を愛想よく差しだした。「おはよう、モーダント。ほら、わしにも新しい仕事ができてな」

伯爵はもう片方の手をセドリックの肩に置いた。心の奥底で、このような跡継ぎを紹介できることに満足と誇りを覚えているようだ。少年を少し前に押しやったとき、伯爵の目には喜びらしきものが宿っていた。

「こちらが新しい小公子フォントルロイだ。フォントルロイ、こちらはモーダント氏、教区の牧師だよ」

セドリックは聖職者の服を着た紳士を見上げて、握手の手を差しだした。

「お運びいただき、ありがたき幸せです」ホッブズさんが新しいお客にうやうやしく挨拶《あいさつ》していたときの言葉を思い出しながら、セドリックは言った。牧師さんには特別に礼儀正しくするべきだという気がしたからだ。

　モーダント牧師は小さな手を握りながら、無邪気に笑いかけている子供の顔を見下ろした。みんながセドリックを好きになるように、牧師も会ったとたんに、この子供に好感を抱いた。ただし、牧師が心を奪われたのは子供の美しい顔立ちや品のよさではなく、この子が生まれつき持っている純粋さと心のやさしさだった。そのおかげで、どんなに少し妙で奇抜な言葉遣いでも、セドリックが口にすると心地よく真心のこもったものに聞こえた。牧師はセドリックをあまり熱心に観察していたせいで、伯爵のことをすっかり忘れてしまったほどだ。この世にはやさしい心ほど強いものはなく、まだほんの子供の心とはいえ、そのおかげでなぜか大きな部屋から陰気さがかき消え、ぐっと明るい雰囲気になったように感じられた。

「わたしこそ、お近づきになれてうれしく存じます、フォントルロイ卿《きょう》」牧師は言った。「こちらまで長い旅をしていらしたのですね。無事にご到着されたのを知ったら、大勢の者が喜ぶことでしょう」

「たしかに長い旅でした。でも、大好きな人がいっしょでしたから寂しくありませんでした。大好きな人、というのはお母さまのことです。もちろん、お母さまといっしょなら寂しくなんてありませんよね。船もとてもきれいでした」

「すわってくれ、モーダント」伯爵が言った。モーダント牧師は腰をおろし、セドリックから伯爵に視線を移した。「伯爵さまに心からのお祝いを申し上げます」牧師は温かく言った。しかし、伯爵はその話題について自分の本心を見せるつもりはないようだった。

「この子は父親によく似ておる」ぶっきらぼうな口調で言った。「だが、この子にはもうちょっと一族の名にふさわしいふるまいをしてもらえるように祈っておるよ」それからたずねた。「で、今朝はどういう用だね、モーダント？　今度は誰が困ったことになったんだね？」

これは覚悟していたほど悪い滑り出しではなかったが、モーダント牧師はちょっとためらってから口を開いた。

「ヒギンズのことなんです。エッジ農場のヒギンズです。このところ大きな不運が続いておりまして。去年の秋には本人が病気になり、子供たちは猩紅熱《しょうこうねつ》にかかりました。たしかにやりくりが上手だとは申せませんが、ともかく不運が重なりまして、当然ながらさまざまな支払いが遅れております。今は地代の支払いに窮しているわけでして。地代を払わなければ立ち退かねばならないと、ニュイックに通告されたそうです。そうなったら、むろん大変困ったことになります。女房も具合がよくなく、きのう、わたしのところにやって来て、伯爵さまにお会いして、しばしの猶予をお願いしてほしいと申すのです。時間をいただければ、どうにか窮状を脱することができると考えているようです」

「お決まりの言いぐさだな」伯爵はちょっと不機嫌になった。

セドリックは二人の方に少し近づいた。祖父と牧師の間に立って、さっきから耳を澄ませていたのだった。すぐさまヒギンズのことに関心を持った。子供は何人いるのだろう、猩紅熱はどのぐらい重いのだろうと。目を大きく見開いてモーダント牧師の顔を食い入るように見つめながら、二人の間で続いている会話に熱心に耳を傾けた。

「ヒギンズも根はいい人間なんです」牧師は訴えを聞き入れてもらおうとして必死に言葉を継いだ。

「小作人としては最低だ」伯爵は決めつけた。「それに、ニューイックの話だと、やつはいつも支払いが遅れているようだな」

「今、ヒギンズは大変に困っています。女房と子供たちをとても大切に思っていますが、農場がとりあげられたら一家はまさに飢え死にしてしまいます。だいたい家族に栄養のある物を食べさせなくてはならないのに、それがままならない懐具合なのです。猩紅熱のあと、子供たちのうち二人はすっかり衰弱してしまい、医者にぶどう酒や滋養のある物をあげるように言われたのですが、ヒギンズにはそんな余裕はとてもありません」

それを聞いて、セドリックはまた一歩近づいた。

「マイケルもそうだったんです」セドリックは口をはさんだ。

伯爵はちょっと驚いたようだった。「おまえのことを忘れておった！　ここには慈善家がいるんだった。マイケルというのは誰だね？」再び、おもしろがるような奇妙な表情が老伯爵の落ちくぼんだ目に浮かんだ。

「マイケルはブリジェットの旦那さんで、リウマチ熱にかかったんです。それで、家賃も払えず、ぶどう酒や食べ物も買えなくて。そうしたら、おじいさまがマイケルを助けるためのお金をぼくにくださったんです」

伯爵は眉を寄せたが、そのおかしなしかめ面はなぜか少しも怖そうではなかった。

伯爵はモーダント牧師の方に視線を向けた。

「この子はどんな領主になるのだろうな。わしはハヴィシャムにこの子がほしいものをやるように言いつけておいた。そうしたら、この子がほしがったのは、物乞《ものご》いにやる金だったんだ」

「いえ、ちがいます、物乞いなんかじゃありませんよ」セドリックは熱くなって否定した。「マイケルは腕のいい煉瓦《れんが》職人でした！　みんな、働いている人ばかりですよ」

「そうだったな」伯爵は言った。「物乞いではなかった。腕のいい煉瓦職人と靴磨きとリンゴ売りの女だった」

伯爵はしばらく少年を見つめていた。新しい思いつきが浮かびかけていた。それは崇高な動機から生まれたとは言いがたかったが、それでも悪くない考えだった。「こっちに来なさい」ついに伯爵は言った。

セドリックは痛風の足に触らないように気をつけながら、できるだけそばに立った。

「こういう場合、おまえだったらどうする？」伯爵はたずねた。

その瞬間、モーダント牧師は経験したことのない胸騒ぎを感じた。牧師は非常に思いやり深い人間で、長年ドリンコートの領地で過ごしてきたので、小作人の誰が金持ちか貧乏か、村人の誰が正直で勤勉か、不正直で怠け者か、そういったことを知り尽くしていた。そして、今、茶色の目を大きく見開きポケットに両手を突っ込んで立っている男の子に、将来的には善にもなれば悪にもなる力が与えられるのだと、痛いほどはっきりと認識した。と同時に、誇り高くわがままな老伯爵の気まぐれによって、たった今この少年に与えられようとしている強大な権力は、もしもこの子が純真で高潔な心の持ち主でなかったら、最悪の結果をもたらすだろうと危惧《きぐ》した。他の人々だけではなく、この子自身にとっても。

「さあ、おまえだったら、こういう場合どうするかね？」伯爵が答えをうながした。

セドリックはさらに近づき、親しい仲間に対するように信頼しきった態度で、片手を祖父の膝《ひざ》に置いた。「ぼくがただの小さな子供じゃなくて、とてもお金持ちだったら、そのまま家にいさせてあげて、子供たちのためにいろいろな食べ物をあげます。だけど、ぼくはただの子供だから」ちょっと言葉を切ったが、みるみる顔が明るくなった。

「おじいさまなら何でもできますね。そうでしょう？」

「うむ！」伯爵はじっとセドリックを見つめながら言った。「それがおまえの意見なのかね？」不機嫌ではなかった。

「おじいさまなら誰にでも何でもあげられる、そうでしょう？　ニュイックって誰ですか？」

「わしの領地管理人だ。小作人たちにはあまり好かれてないようだな」

「これからその人に手紙を書くんですか？」セドリックはたずねた。「ペンとインクを持ってきましょうか？　テーブルからゲームを片付けますね」

ニュイックがひどいことをするのを祖父が黙認するわけがないと、セドリックは信じているのだった。

伯爵は相変わらず孫に視線をすえたまま、ちょっと考えこんだ。「おまえは字が書けるか？」

「はい。あまり上手じゃありませんけど」

「テーブルを片付けて、わしの机からペンとインクと紙を一枚持ってきなさい」伯爵は命じた。

モーダント牧師の好奇心はどんどんふくらんでいた。セドリックは言われたとおりにてきぱきと行動した。たちまち紙と大きなインク壺《つぼ》とペンが用意された。

「さあどうぞ」セドリックはうれしそうだった。「これで手紙が書けますよ」

「おまえが書くんだ」伯爵が言った。

「ぼくが！」セドリックは叫び、おでこまで真っ赤になった。「ぼくでかまわないんですか？　よくつづりをまちがえちゃうんです。辞書がなかったり、誰にも聞けなかったりすると」

「大丈夫だ。ヒギンズはつづりのことで文句を言わんだろう。慈善家はわしではない。おまえだ。ペンにインクをつけなさい」

　セドリックはペンを手にしてインク壺に浸し、書く姿勢をとると、テーブルに身をのりだした。

「はい、どう書いたらいいですか？」

「こう書くんだ。『当分の間、ヒギンズはそのままにして干渉しないように』それから『フォントルロイ』と署名する」伯爵は指示した。

　セドリックはもう一度インクにペンを浸すと、腕をテーブルにのせて書きはじめた。全神経を集中して、ゆっくりと慎重に文字を書いている。しばらくして手紙は完成し、少し不安そうな笑みを浮かべながら、祖父にそれを手渡した。

「これで用が足りますか？」セドリックはたずねた。

伯爵は手紙を見て、口の両端をかすかにひくつかせた。

「うむ。ヒギンズはこれで心から満足するだろう」そしてモーダント牧師に手紙を渡した。

モーダント牧師が目にしたのは以下のような文面だった。

しんあいなるニュイック氏へ　どーぞ、とうぶんのあいだヒギンズ氏わそのままにして缶小しないようにしてもらえるとありがたいです。

けいぐ　フォントルロイ

「ホッブズさんはいつも手紙の最後に『けいぐ』って書いてたんです」セドリックは説明した。「それと『どーぞ』ってつけ加えた方がいいかなと思って。『カンショウ』ってその字であってますか？」

「辞書にある字とはちがうようだな」伯爵は答えた。

「そうじゃないかと心配だったんです。聞けばよかったですね。むずかしい単語だと、たいていまちがえちゃう。辞書を引かなくてはだめですね。それがいちばん確実ですよ。ぼく、書き直します」

そして、さっそく手紙を書き直した。今度はまえもって伯爵にたずねて字を教えてもらったので、とてもりっぱな手紙ができあがった。

「つづりって妙ですよね」セドリックは言った。「こうかなと思うのと、たいていちがっているんです。『どうぞ』っていうのは p-l-e-a-s だとずっと思っていたんですけど、p-l-e-a-s-e なんですよね。それに『しんあいなる』は調べなかったら、d-e-a-r じゃなくて d-e-r-e だと思いますよ。ときどき、あんまりむずかしくて嫌になっちゃいます」

モーダント牧師は帰るときに手紙を持っていったが、他にも持ち帰ったものがあった。これまでドリンコート城を訪ね、並木道を歩いて家に帰ったときには味わったことのない喜びと希望にあふれた思いだった。

牧師が帰るとき玄関まで見送りに行っていたセドリックは、祖父のところに戻ってきた。

「そろそろ大好きな人のところに行ってもいいですか？　ぼくを待っていると思うんです」

伯爵は一瞬ためらった。

「厩舎《きゅうしゃ》におまえに見せたいものがあるんだ。まずそれを見たらどうだ？　ベルを鳴らしなさい」

「とってもうれしいです」セドリックの顔はさっと赤くなった。「だけど、かまわなければ見るのは明日にしてもいいですか？　お母さまはずっとぼくを待っていると思うんです」

「いいだろう」伯爵は答えた。「馬車を用意させよう」それから淡々とつけ加えた。

「ポニーなんだ」

「ポニー！」セドリックは叫んだ。「誰のポニーなんですか？」

「おまえのだ」

「ぼくの？」少年は叫んだ。「ぼくのもの——お部屋にあるいろんな物と同じように？」

「そうだ。見るかね？　連れてくるように言おうか？」

セドリックの頬はますます赤くなった。

「ポニーがもらえるなんて思ってもみませんでした！　考えてもみなかったです！

お母さまはとても喜ぶでしょう。おじいさまは何でもくださるんですね？」

「見たくないのかね？」

セドリックは大きく息を吸った。「そりゃ、見たいですよ。見たくて待ちきれないぐらいです。だけど、時間がないんじゃないかと思います」

「今日の午後にどうしても母親に会いに行かねばならんのか？」伯爵はたずねた。

「先に延ばすわけにはいかないのかね？」

「だって、お母さまは朝からずっとぼくのことを考えているんだし、ぼくもずっとお母さまのことを考えていたんです」

「ほう、そうだったのか。では、ベルを鳴らしなさい」

木々が天蓋《てんがい》を作っている並木道を進んでいくとき、伯爵は口をきかなかった。しかし、セドリックはちがった。ポニーのことをずっとしゃべっていた。何色なのだろう？　どのぐらいの大きさだろう？　名前は何というのか？　何がいちばんの好物なのか？　何歳か？　朝何時に起きて見に行ったらいいだろう？「大好きな人はとても喜ぶと思います！」セドリックは繰り返し言った。「おじいさまがぼくにとても親切にしてくださるので、お母さまはとても感謝しているんです！　ぼくがポニーを好きだってことは、お母さまもずっと知ってましたけど、自分のポニーが持てるなんて思ってもみませんでした。五番街にポニーを持っている男の子が住んでいて、毎朝のように乗っていたので、それを見物しようと、お母さまといっしょにその子の家までよく散歩していったんですよ」

セドリックはクッションにもたれると黙り込み、伯爵のことを真剣なまなざしでしばらくじっと見つめていた。

「おじいさまは世界でいちばんいい人だと思います」セドリックはいきなり言いだした。「いつもいいことをしているでしょう？　それに他の人たちのことをいつも考えている。お母さまは、そういうのがいちばんりっぱな行動だって言ってます。自分のことじゃなくて、人のことを考えるってことが。まさにおじいさまのしていらっしゃることですよね？」

伯爵は自分がそんなにすばらしい人間だと見られていることに驚いて、言葉に窮した。これはじっくり考えてみる時間が必要なようだった。醜く身勝手な動機からしたことが、純真無垢な子供の目には、すべてりっぱな気前のいい行動に映っているのだ。そんなことは初めての経験だった。

セドリックは賞賛をこめて、大きな澄んだ無邪気な目で祖父を見ながら、先を続けた。

「おじいさまはたくさんの人を幸せにしましたね。マイケルとブリジェットと十二人の子供でしょ。それからリンゴ売りのおばあさんとディックとホッブズさんと、ヒギンズさんとヒギンズさんの奥さんと子供たちも。それにモーダント牧師さんもね。もちろん、牧師さんも喜んでいましたよ。それから大好きな人とぼく。ポニーのことや、その他のいろいろなものをくださって。指を折りながら数えてみたんですけど、おじいさまは二十七人に親切にしたんです。それってすごいですよ——二十七人も！」

「わしがそれだけの人に親切にしたというのかね？」

「ええ、そうですとも。全員を幸せにしました。でもね」ちょっとためらいながら言葉を続けた。「よく知らない人は伯爵のことを誤解しているんです。ホッブズさんもです。ぼくはホッブズさんに手紙を書いて、ちゃんと説明してあげるつもりです」

「ホッブズ氏は伯爵についてどういう意見を持っているのだね？」

「ああ、でもね、ホッブズさんは伯爵を一人も知らないんですよ。ただ、本で読んだだけで。そこが問題なんです。どうか気にしないでくださいね。ホッブズさんは、伯爵っていうのはすごい暴君だと思いこんでいます。だから、自分の店には絶対に来させるものかって息巻いてました。だけど、おじいさまと知り合いになったら、きっと考えが変わるにちがいありません。ぼく、おじいさまのことを話してあげます」

「どう話すつもりなんだ？」

「こう言うつもりです」セドリックの口調はますます熱を帯びてきた。「おじいさまはこれまで聞いたこともないほど親切な人で、みんなを幸せにしているって。ぼくは大きくなったら、おじいさまみたいになりたいんだって」

「わしみたいに！」伯爵は繰り返し、目を輝かせている小さな顔を見た。とたんに、皺《しわ》だらけの皮膚の下にくすんだ赤みが広がり、伯爵はつと目をそらすと、窓の外のブナの大木に視線を向けた。つやつやした赤茶色の葉に日差しが当たってきらめいている。

「ええ、おじいさまみたいにです」それから控え目につけ加えた。「もしなれたらですけど。ぼくはそんなにりっぱな人になれないかもしれないけど、なれるように努力します」

並木道では見事な木々が頭上に太い枝を広げていた。そこを進む馬車は、今、緑の木陰に入ったかと思うと、次の瞬間には金色の光が降り注ぐ日向《ひなた》に出て、光と影を縫うようにして走り続けていた。シダが高く生い茂る場所や、ブルーベルがそよ風に揺れているきれいな場所を今日もまた通り過ぎていく。深い草むらで立ったり寝そべったりしている鹿は、馬車が通り過ぎていくとぎくりとしたように目を見開いてこちらを見た。茶色のウサギが跳びはねていくのがちらっと見える。山ウズラが飛び立つ翼のはためきや、鳥たちの鳴き交わす声が聞こえてくる。セドリックには、何もかもがきのうよりもいっそう美しく感じられた。どちらを見てもうっとりするようなものばかりで、喜びと幸せで胸がはちきれんばかりだった。しかし、老伯爵は同じように窓の外に目を向けていたのだが、まったく別のものを聞き、別のものを見ていた。彼が見ていたのは、慈悲深い行動とも親切心ともまったく無縁だった長い人生だった。若く力にあふれ、富と権力に恵まれた男が、その若さと力と富と権力をただ自分一人の快楽のために使い、その後の長い歳月の間、来る日も来る日も無為に過ごしてきたのが見えた。むなしい月日が流れ、気がつくと老いて孤独で、莫大《ばくだい》な富はあっても真の友人は一人もいなくなっていた。みんなに憎まれ恐れられ、たまにお世辞を並べてすり寄ってくる人間はいても、自分の損得に関係がなければ、こちらが死のうが生きようが気に懸ける人はまったくいない。自分のものである広大な領地を眺めた。伯爵はセドリックが知らないことを知っていた。領地がいかに広大か、それがいかに莫大な資産となるか、その農地によってどんなに多くの人が生計を立てているかを。やはりセドリックは知らなかったが、そこには伯爵の富や由緒ある家名や権力をうらやみ、自分もそういうものを手にしたいと願う人間はたくさんいるだろうが、伯爵を「いい人」と呼んだり、このあどけない子供のように、伯爵みたいになりたいと願う者は一人もいないだろう。

　そもそも、自分のことだけを考えて生きてきた皮肉屋で世慣れた老伯爵は、七十年間、これまで自分の快適さや楽しみが邪魔されない限り、世間が自分をどう思っているかなど気に留めたこともなかった。だが、自分の人生を振り返ってみてそのことに気づくと、さすがにあまりいい気分はしなかった。これまでは、そんなくだらないことはどうでもいいと考えていた。今改めて、それについて思いを巡らせたのは、この子が自分よりもよほど自分を信じていて、その輝かしい足跡をたどり、手本としたがっているからだ。そのせいで、はたして自分は手本とされるような人間なのだろうか、というこれまで問いかけたこともない妙な疑問が湧き上がったのだ。

　セドリックは祖父が額に皺を寄せてずっと窓外に視線を向けているのは、足が痛んでいるからにちがいないと思った。そこで、祖父のことはそっとしておいた方がいいだろうと、思いやりのある子供は考え、木々やシダや鹿を一人で黙って楽しむことにした。しかし、とうとう馬車は門を通過し、緑の小道を少し走って停まった。コート・ロッジに到着したのだ。セドリックは大柄な従僕が馬車のドアを開けるやいなや地面に飛び降りた。

伯爵は物思いからはっと醒《さ》めた。

「おや！　もう着いたのか？」

「はい」セドリックは言った。「杖《つえ》をお持ちしましょう。外に出るときに、ぼくに寄りかかってください」

「わしは降りない」伯爵はそっけなく言った。

「え、大好きな人にお会いにならないんですか？」愕然《がくぜん》とした顔でセドリックはたずねた。

「大好きな人は許してくれるだろう」伯爵は感情のこもらない声で答えた。「さあ、行って、新しいポニーも見ずにやって来たと言いなさい」

「がっかりすると思います。お母さまはおじいさまにとても会いたがるでしょう」

「それはどうかな」というのが返事だった。「帰るときは馬車を迎えに寄越そう。ジェフリーズに馬車を出すように言え、トーマス」

トーマスは馬車のドアを閉めた。セドリックは一瞬、とまどった顔になったが、すぐに小道を駆けだした。以前、ハヴィシャム氏が見たように、伯爵もしっかりした力強い足が驚くほどの速さで地面を蹴《け》っていくのを目にすることができた。明らかに、その足の持ち主はぐずぐずしているつもりがないようだった。馬車はゆっくりと走りだしたが、伯爵はまだ身を乗り出したまま、窓の外に視線をすえていた。木立の隙間から家のドアが見えた。ドアが大きく開く。小さな姿が階段を駆け上がっていく。もうひとつの姿――やはり小柄でほっそりして若く、黒い服をまとった姿が、出迎えようと走り寄ってくる。一瞬、どちらも宙を飛んだかのように見えた。セドリックは母親の胸に飛びこみ、首にかじりつくと、母の若くて愛らしい顔にキスの雨を降らせた。

7 教会で

次の日曜の朝、モーダント牧師の教会には大勢の信徒が詰めかけた。日曜の礼拝にこれほどたくさんの人が集まったのは、牧師も記憶がないほどだった。めったに牧師の説教など聞かない人々までが顔を見せていた。隣の教区のヘイゼルトンからやって来た人までいた。元気で陽気な日に焼けた農夫の隣には、よそいきのボンネットをかぶり、手持ちのいちばん上等なショールをはおった、赤い頬をして気さくにしゃべっているずんぐりした体つきの女房。どの家族も五、六人の子供たちを引き連れている。四人の娘たちを連れた医者の奥さんも、薬局をやっていて近隣のみんなに錠剤や粉薬を処方しているキムジー夫妻も信徒席にすわっていた。ディブル夫人も、村の仕立屋のミス・スミフも、その友人で帽子作りのミス・パーキンズもそれぞれ席についている。医師の助手の青年も来ていたし、薬屋の見習いもいた。実際のところ、この界隈《かいわい》のほぼすべての家族がどうにか都合をつけて参列していたのだった。

その前の週、小公子フォントルロイについてのすばらしい逸話があっちでもこっちでも取り沙汰《ざた》されていた。一ペニー分の針や半ペニー分の平ひもを買うのと引き替えに、噂話を仕入れようとするお客たちの相手でディブル夫人は大忙しだった。店の小さなベルはお客が出たり入ったりするたびにチリンチリン鳴り続け、壊れるんじゃないかと思ったほどだ。ディブル夫人はフォントルロイ卿《きょう》の部屋がどんなふうに飾りつけられているか、どんな高価なおもちゃが買い与えられたか、美しい栗毛のポニーとその世話をする小柄な厩舎《きゅうしゃ》係が用意され、そのうえ銀でこしらえた馬具をつけた小さな二輪馬車まで揃えられたことなど、ありとあらゆる情報に通じていた。さらに、フォントルロイ卿が到着した夜にその姿を垣間《かいま》見た使用人たちが何を言ったかについても、子細に報告することができた。女性の使用人たちは、あんなかわいいお子さんを母親から引き離すなんてむごいことだ、と口々に言い合った。そして、祖父に会うために一人きりで書斎に入っていったときは、全員が心臓が止まりそうになった。どんな扱いを受けるかわかったもんじゃない、なにしろ伯爵の癇癪《かんしゃく》ときたら、それはそれはすさまじく、大人でもすっかり怯《おび》えてしまうほどなので、ましてや子供一人じゃねえ、ということだったようだ。

「だけど、信じられないだろうけどね、ジェニファー夫人」とディブル夫人は報告した。「あの子は怖いもの知らずなんだって、トーマスさんが言ってるよ。それで、生まれたときからの友達みたいに、にこにこしながら伯爵さまとおしゃべりを始めたんだって。だもんで、伯爵さまはすっかりたまげちまって、あのもじゃもじゃ眉《まゆ》の下からじいっと孫を見て、ただ話を聞いてるだけだった。でね、ベイツ夫人、トーマスさんの意見だと、あんなに根性のひん曲がった伯爵さまでも、心の中では喜んでいるし、自慢にも思ってるみたいなんだってさ。そりゃあ、見たこともないほど器量よしだし、言葉遣いなんてちょっと古めかしいけど、お行儀もとってもいいから当然だよねえ」

さらに、ヒギンズの話も伝わってきた。モーダント牧師が自宅の夕食の席で話題にし、それを聞いた使用人が台所でしゃべり、そこから野火のように噂が広まっていったのだ。

そして、市の立つ日に町にやって来たヒギンズはみんなに質問攻めにされた。さらにニュイックもあれこれ聞かれたので、「フォントルロイ」と署名された手紙を二、三人に見せた。

こうして農家のおかみさんたちはお茶のときの、あるいは買い物のときの話題をどっさり仕入れることができ、それについて徹底的にしゃべりあって、実に愉快な時間を過ごしたのだった。というわけで、日曜になるとおかみさんたちは歩いて、あるいは夫の走らせる二輪馬車に乗って教会にやって来た。亭主の方も、いずれこの領地の所有者になる新しい小公子にいくぶん興味をかきたてられているようだった。

伯爵は教会に行く習慣はなかったが、この日曜日には行くことを決めた。セドリックをかたわらにすわらせて、大きな伯爵家専用の信徒席にすわりたいという気まぐれを起こしたのだ。

その朝、教会の中庭にはたくさんの人がぶらついていたし、小道を歩いている人もたくさんいた。門の脇やポーチにはいくつも人の輪ができ、伯爵が姿を見せるかどうか、熱心な議論が交わされていた。この議論が最高潮に達したとき、一人のおかみさんがいきなり叫び声をあげた。

「あれまあ。あれはお母さんにちがいないわ、若くてきれいな人だねえ」

それを聞いた全員が振り向き、小道を進んでくる黒い服を着たほっそりした姿を見つめた。ベールは上げてあったので、抜けるように白い肌をした美しい顔がはっきりと見えたし、夫を亡くした女性がかぶる小さな帽子の下でつややかな髪はふんわりとカールして、子供のようにやわらかそうだった。

エロル夫人は周囲の人々のことは眼中になかった。セドリックと、セドリックが訪ねてきてくれたときのことだけを考えていたのだ。そう、新しいポニーのことでセドリックがどんなに喜んでいたか。おとといは実際に家の戸口までポニーに乗ってきた。背筋を伸ばしてポニーにまたがり、とても誇らしげで幸せそうだった。だがまもなく、自分が注目されていて、到着にざわめきが起きていることに嫌でも気づかされた。最初にそのことに気づいたのは、赤い上着を着た老女が膝《ひざ》を折ってお辞儀をしたからだった。さらに、もう一人の老女が同じようにお辞儀をして「神さまのご祝福を、奥さま」と言った。そして、エロル夫人が通り過ぎていくと、男たちが次々に帽子をとった。一瞬、わけがわからなかったが、すぐに自分が小公子フォントルロイの母親だからそうしているのだと気づいた。そこで、恥ずかしそうに頬を染めながら、笑顔でお辞儀をすると、さっき祝福をと言ってくれた老女に「ありがとうございます」とやさしい声でお礼を言った。大勢の人がせわしなく行き交うアメリカの都会で暮らしてきた人間にとって、この素朴な敬意の表し方は目新しく、最初のうちは少し気恥ずかしいぐらいだった。しかし、人々の態度にこめられた親しみと温かさには心を動かされたし、うれしかった。エロル夫人が石造りのポーチから教会に入りかけたとき、その日最大の待ちに待ったできごとが起きた。りっぱな馬がつけられ、長身のお仕着せ姿の使用人が手綱を引く馬車が角を曲がって、緑の小道を走ってきたのだ。

「来たぞ！」見物人たちは口々に言い合った。

そして馬車が停まり、トーマスが降りてきてドアを開けると、黒いベルベットのスーツを着た男の子が見事な金髪の髪をなびかせながら飛び降りてきた。

男も女も子供も、好奇心をむきだしにして男の子を見つめた。

「大尉にそっくりだ！」父親の大尉を覚えている見物人から声があがった。「大尉に生き写しだ！」

子供はトーマスが手を貸して馬車から降ろしている伯爵を見上げて、日差しの中にたたずんでいた。その顔には深い愛情のこもった気遣いがはっきりと浮かんでいた。自分が手を貸せそうになると、まるで百八十センチもある大男でもあるかのように、さっと手を差しのべ、肩を貸した。他の人にとってはどうであれ、ドリンコート伯爵は孫息子にとってはまったく怖い存在ではないということが、誰の目にも明らかだった。

「ぼくに寄りかかってください」子供が伯爵に言っているのが聞こえた。「あの方たち、おじいさまに会えてとても喜んでいるようですね。みんな、おじいさまのことをよく知っているんですよ！」

「帽子をとりなさい、フォントルロイ」伯爵が言った。「みんなおまえにお辞儀をしているんだ」

「ぼくに！」セドリックはそう叫んで、あわてて帽子を脱いだので、金色のまばゆい髪がさらによく見えるようになった。セドリックはとまどいながらも、一度にみんなにお辞儀をしようとして、きらきら輝く目をあちこちに向けた。

「神さまのご祝福がありますように、フォントルロイさま。ご健勝をお祈りします！」母親に声をかけた赤い上着の老女が言いながら、膝を折ってお辞儀をした。

「ありがとうございます」セドリックは言った。そして教会に入っていき、みんなの注目を浴びながら通路を進み、赤いクッションが置かれカーテンがついた四角い信徒席についた。席につくとすぐに、セドリックはふたつのことを発見してうれしくなった。ひとつは教会の向こう側に母親がすわって、こちらに微笑みかけているのが見えたこと。もうひとつは信徒席の端の壁際でひざまずいている二体の風変わりな石像を発見したこと。二体は向かい合うようにして柱の両側にひざまずき、その柱のてっぺんには石の祈《き》禱《とう》書が二冊のっていた。二体の石像は祈りを捧《ささ》げているかのように手を組み、とても古めかしい奇妙な衣をまとっている。かたわらの石の銘板には何か言葉が刻まれていたが、文字はかろうじて読めとれたものの旧式なつづりだったので意味がよくわからなかった。

初代ドリンコート伯爵グレゴリー・アーサーおよび
その妻アリソン・ヒルデガード、ここに眠る

「あの、聞いてもいいですか？」好奇心を抑えられなくなって、セドリックはひそひそ声で祖父にたずねた。

「何だね？」祖父は言った。

「あの人たちは誰ですか？」

「おまえの先祖だよ。何百年か前に生きていた人たちだ」

「もしかしたら」とセドリックは敬意のこもった目で石像を見ながら言った。「ぼくがつづりをまちがえるのは、ご先祖譲りかもしれませんね」そのあとは礼拝にしっかり精神を集中した。音楽が始まると、立ち上がって母親の方を見て笑いかけた。音楽は大好きで、母といっしょによく歌っていたのだ。セドリックは他の信徒たちと声を合わせて歌ったが、その澄んだ美しい声は小鳥のさえずりのように、ひときわ高く、くっきりと響いた。セドリックは歌う喜びに我を忘れて没頭した。伯爵もカーテンで囲まれた信徒席の隅にすわって孫を眺めながら、いくぶん忘我の境にあった。セドリックは大きな賛美歌の本を両手で広げて持ち、顔を少し仰向《あおむ》け、ありったけの声を無邪気に張り上げて幸せそうに歌っている。賛美歌が歌われているうちに、ステンドグラスの金色のガラス部分から、長い日差しが斜めに入ってきて、幼い頭を照らし、金色の巻毛をまばゆく輝かせた。教会の向こう側でわが子を眺めていた母親はふいに胸がしめつけられるのを感じ、心の中で祈った。この子の汚れのない魂の純真さや幸せが永遠に続きますように。この子にふりかかった不思議で大きな幸運が悪や災いをもたらしませんように。新しい生活になってからというもの、エロル夫人はいくつもの不安でやさしい胸を痛めていたのだった。

「ああ、セディ」エロル夫人はゆうべセドリックが帰る前に抱きしめておやすみの挨《あい》拶《さつ》をしてから、こう言ったのだった。「ああ、セディ、わたしの頭がとてもよくて、分別のあるりっぱなことをいろいろアドバイスしてあげられたらいいのだけど！　でもとにかく、いつも善良で、勇敢で、親切で、誠実でいてちょうだいね。そうすれば生きている限り、決して誰も傷つけることはないし、たくさんの人を助けられるかもしれないわ。そうなったら、わたしのセドリックが生まれたおかげで、この広い世の中がちょっぴりよくなるかもしれないでしょ。ええ、それがいちばん大切なことなのよ、セディ。何よりもすばらしいのはね、ある人が生きているおかげで、世の中が少しでもよくなることなの。たとえ、ほんのわずかでもね、いいこと、大好きな子」

だから城に帰る馬車の中で、セドリックは母の言葉をそのまま祖父に伝えた。

「で、お母さまにそう言われたとき、おじいさまのことが思い浮かんだんです」セドリックはしめくくった。「それで、お母さまに言ったんですよ。おじいさまが生きてきたから世の中はよくなっている、だから、ぼくはおじいさまみたいになれるようにがんばるつもりだって」

「それで、どういう返事だったのかね？」少しそわそわしながら伯爵はたずねた。

「そのとおりね、いつも人のいいところを探して、それをお手本にするように努力しなくてはならないわ、って言われました」

おそらく信徒席の赤いカーテンのひだの間からのぞいたときに、この老人の頭に去来したのは、このやりとりだったのだろう。人々の頭越しに、伯爵は一人ですわっている息子の妻に何度も視線を向けた。許されないまま亡くなった息子が愛した美しい顔を、かたわらの子供と瓜二《うりふた》つな目を見つめた。しかし、伯爵の心が相変わらず冷たく憎悪に満ちているのか、あるいは少しは和らいだのか、それを知る術《すべ》はなさそうだった。

伯爵とセドリックが教会から出てきたとき、礼拝に参列した人々は二人を見送ろうとしてずらっと並んで待っていた。二人が門に近づいたとき、帽子を手にした男が一歩前に出てきたが、そこでためらった。中年の農夫で、やつれた顔をしている。

「おや、ヒギンズだな？」伯爵が声をかけた。

セドリックはすばやく振り向いて男を見た。

「え、この人がヒギンズさんですか？」セドリックは叫んだ。

「そうだ。未来の領主をひと目見ようとしてやって来たんだろうよ」伯爵は皮肉っぽく言った。

「はい、伯爵さま」男は日に焼けた顔を赤らめた。「ニュイックさんから、フォントルロイさまが手前のためにご親切にも口をきいてくださったと聞いて、お許しをいただけるなら、ひとことお礼を申し上げたいと思いまして」

自分にこれほどの温情をかけてくれたのが、こんなに小さい無邪気な子供だったので、おそらくヒギンズは驚いたことだろう。しかも、あまり恵まれないわが子たちと同じあどけない様子で、そこに立ってこちらを見上げている。どうやら、自分の立ち場の重さに気づいていないらしかった。

「助けていただき、心から感謝しております、フォントルロイさま」ヒギンズは言った。「本当に。手前は――」

「いいえ、ぼくは手紙を書いただけです。助けたのはおじいさまですよ。だけど、おじいさまはいつだって誰にでも親切ですものね。ヒギンズ夫人はもうよくなられましたか？」

ヒギンズは不意打ちを食らったような顔つきになった。領主がいかにも慈愛にあふれた人格者であるかのように語られたものだから、度肝を抜かれたのだ。

「あの――ええ、はい、フォントルロイさま」つかえつかえ答えた。「心配事がなくなったもんですから、うちのやつもだいぶよくなりました。気苦労のせいでまいっちまったようなもんでして」

「それはよかったですね。お子さん方が猩紅熱《しょうこうねつ》にかかったので、おじいさまはとても心配されていました。ぼくもです。おじいさまにも子供がいましたからね。ぼくはおじいさまの息子の子供なんです」

ヒギンズはあまりの驚きにうろたえ、言葉を失っていた。そして、ここは伯爵の方に視線を向けないのが無難だろうと判断した。というのも、伯爵には父親らしい愛情などろくすっぽなく、息子たちに会うのも年に二回ぐらいだったということは周知の事実だったからだ。息子たちが病気になったときは、医者や看護師がいるとうんざりすると言って、さっさとロンドンへ逃げ出したほどだ。したがって、猩紅熱の子供を気に懸けていると目の前で断言されて、伯爵はいささかばつが悪かったにちがいない。もじゃもじゃの眉《まゆ》の下で、伯爵の目がぎらっと光った。

「わかっただろう、ヒギンズ」伯爵は苦笑いを浮かべた。「おまえたちはわしを誤解してきたんだ。フォントルロイはちゃんとわしを理解しておる。わしがどういう人間なのか確かなことを知りたければ、この子に聞くがいい。馬車に乗りなさい、フォントルロイ」

そしてフォントルロイが飛び乗ると、馬車はゆっくりと緑の小道を走りだした。角を曲がって本通りに出てからも、伯爵の顔にはまださっきの苦笑いが浮かんでいた。

8 乗馬を練習する

日がたつにつれ、ドリンコート伯爵はしだいにそういう苦笑いを浮かべることが多くなっていった。いや、苦笑いどころか、孫息子と親しくなるにつれ、頻繁に笑みを浮かべるようになり、ときには苦々しさのとれた自然な笑みがよぎることすらあった。セドリックがやって来るまで、老伯爵は孤独にも痛風にも七十歳という高齢にも、ほとほと嫌気がさしていた。刺激的で愉快な日々を送ったあとでは、いかに豪華な部屋とはいえ、片足を足台にのせて一人でポツンとすわっているのは退屈きわまりなかった。おまけに気晴らしと言えば、癇癪《かんしゃく》を爆発させ、自分と顔をあわせるのを嫌がって怯《おび》えている従僕を怒鳴りつけることぐらいだ。老伯爵は召使いに嫌われていることに気づかぬほど愚かではなかったし、訪問客があっても、好意から訪ねて来たのではないことはよく承知していた。ただし、誰であろうと容赦しない舌鋒《ぜっぽう》鋭い話しぶりをおもしろいと思う者はいた。頑健で元気だったときは、あちこちを旅行して愉快に過ごしているふりをすることはできたが、実のところ心から楽しんだことはなかった。やがて健康が衰えてくると、すべてのことに飽き飽きして、ドリンコート城に痛風と新聞と本だけを相手に閉じこもった。もっとも、ずっと読書をしているわけにもいかず、ますます「うんざり」して、それが伯爵の口癖になった。夜も昼もいまいましいほど長く感じられ、どんどん気むずかしく怒りっぽくなっていった。

　そんなときにセドリックがやって来たのだ。伯爵が孫をひと目見たとたん、祖父としてのひそかな誇りが満たされたのは、セドリックにとって幸いだった。セドリックがこれほど見目麗しい子供でなかったら、孫息子を嫌悪し、そのすぐれた資質に目を向けようともしなかっただろう。しかし、伯爵は、セドリックの美しさと物怖《ものお》じしない精神はドリンコート家の血筋に伝わるもので、ドリンコート家の地位にふさわしいものだとみなした。さらに子供が話すのを聞いて、自分の新しい地位についてはまだ幼くて理解できないものの、実に育ちがいいことを知り、ますます孫息子が気に入り、孫との毎日を楽しく感じるようにさえなりかけていた。子供の手によって気の毒なヒギンズに恩恵をほどこさせたのは、伯爵にとって痛快な企《たくら》みだった。伯爵は哀れなヒギンズのことなどどうでもよかったが、孫息子がこの一帯で話題になり、子供のときから借地人たちの間で人気者になるのも悪くないと思ったのだ。それに、セドリックといっしょに教会に馬車で乗りつけたとき、みんなが興奮し、好奇心を募らせていた様子も、伯爵を満足させた。人々が美しい孫息子のことを、そのしなやかでしっかりした体つきや、礼儀正しいふるまいや、きりっと整った顔立ちときれいな髪について噂しあっているだろうことは想像にかたくない。人々は「どこから見ても貴族さまだ」と言うことだろう（実際、伯爵はある女が別の女にそう言っているのを耳にした）。ドリンコート伯爵は傲慢《ごうまん》な老人で、ドリンコートの名前に誇りを持ち、地位をひけらかしていた。だからこそ、ついにドリンコート家にその地位にふさわしい跡取りができたことを、世間に鼻高々で見せびらかしたかったのだ。

セドリックが新しいポニーに初めて乗った朝ときたら、伯爵はうれしさのあまり、痛風の痛みを忘れるほどだった。厩舎《きゅうしゃ》係に連れられてきたきれいなポニーは、茶色のつやつやした首をそらし、りっぱな頭を太陽に向かって振り上げた。伯爵は書斎の開いた窓のそばにすわり、セドリックが乗馬レッスンを初めて受けるのを眺めていた。孫息子は臆病《おくびょう》なところを見せるのではないか、と伯爵は心配だった。それほど小さい馬というわけではないし、初めて馬に乗るときに怖《お》じ気づく子供はたくさん見てきた。

セドリックは大喜びでポニーにまたがった。これまでポニーに乗ったことがなかったので、有頂天になっていた。厩舎係のウィルキンズがポニーの手綱を引いて、書斎の窓の前を行ったり来たりさせた。

「ずいぶん肝のすわった子だよ、まったくね」あとで厩舎に戻るとウィルキンズは仲間たちに笑いながら報告した。「あの子を馬に乗せるにゃ、まるっきり手間がかからんかったよ。おまけに、大人顔負けに背筋をしゃんと伸ばしてさ。でもって、おれにこうたずねるんだわ。『ウィルキンズ、ぼく、背筋がちゃんと伸びてる？』サーカスじゃ、みんな背筋を伸ばして乗ってるからね』だから『矢みたいにまっすぐですよ、フォントルロイさま！』って答えたら、とても満足そうに笑ってさ、『よかった。曲がってたら教えてね、ウィルキンズ』ってきたもんだ」

　しかし、背筋をまっすぐにしてポニーにまたがり、手綱を引かれて歩くだけでは、セドリックは物足りなかった。しばらくすると、窓から眺めている祖父に話しかけた。

「一人で乗ってもいいですか？　それに、もっと速く走らせちゃだめですか？　五番街の子はいつもだく足や駆け足をさせてたんです！」

「だく足や駆け足がおまえにできると思うのか？」伯爵はたずねた。

「やってみたいんです」

伯爵がウィルキンズに合図をすると、ウィルキンズは自分の馬を連れてきてそれに乗り、セドリックのポニーにつけた引き綱を握った。

「では、だく足をさせてやれ」

　それから数分ほど、小さな騎手はとても刺激的な経験をした。だく足はただ歩くのよりもずっとむずかしく、ポニーのだく足が速くなればなるほど、乗りこなすのはむずかしくなった。

「ず、ずいぶん、ゆ、揺れるんだね」セドリックはウィルキンズに言った。「き、きみも揺れてるの？」

「いいえ、フォントルロイさま。すぐに慣れますよ。あぶみに体重をかけて腰を浮かせるようにするんです」

「ず、ずっとあぶみにの、乗ってるよ」

浮いたお尻《しり》が上下に跳ね、揺すぶられるのは快適とはほど遠かった。セドリックは息を切らし、顔は真っ赤になったが、できるだけ背筋をまっすぐ伸ばして、必死にがんばった。伯爵はその様子を窓辺から見ていた。しばらく木立の向こうに消えていた騎手たちが声の届くところまで戻ってきたとき、セドリックの帽子は脱げ、頬はポピーのように赤くなっていたが、唇をぎゅっと結んで勇ましくポニーをだく足で走らせていた。

「ちょっと待て！」祖父が叫んだ。「帽子はどうした？」

ウィルキンズが帽子に手を当てて答えた。「落ちましたです、伯爵さま。止まって拾おうとしたんですが、そのままでいいとおっしゃるもんで」ウィルキンズは見るからに愉快そうだった。

「では、さほど怖がってないんだな？」伯爵は抑えた声でたずねた。

「とんでもねえです、伯爵さま！」ウィルキンズは声を張り上げた。「怖いって気持ちはこれっぽっちもお持ちじゃねえようです。これまでたくさんの貴族の坊ちゃまたちに乗馬を教えてきやしたが、これほど肝が太い方はいなかったですよ」

「疲れたか？」伯爵はセドリックにたずねた。「もう下りるかね？」

「思っていたよりも揺れるんですね」セドリックは正直に認めた。「そのせいでちょっと疲れたけど、まだ下りたくないです。コツをつかみたいから。息切れがおさまったら、戻って帽子をとってきます」

頭のいい人間が、この老人を喜ばせるにはこうしたらいいとセドリックに入れ知恵したとしても、これほどの喜びを与えることはできなかっただろう。ポニーが並木道の方に再びだく足で去っていったとき、いかめしい老いた顔にはかすかな赤みが差した。そして、もじゃもじゃ眉《まゆ》の下の目は、今後また味わうことはあるまいと伯爵がほぼあきらめていた歓喜で輝いた。こうして伯爵がすわって熱心に窓の外を見ていると、再びポニーの蹄《ひづめ》の音が聞こえてきた。その蹄の音はさっきよりもスピードが上がっているようだ。セドリックの帽子はまた脱げてしまい、ウィルキンズが手に持っていた。頬はさらに赤くなり、髪の毛がこめかみのあたりでなびいている。今度はきびきびした駆け足で戻ってきたのだった。

「ほら」息を弾ませながら、ポニーを止めた。「駆け足ができたんです。五番街の男の子みたいに上手じゃなかったけれど、ちゃんとできたし、ずっと乗っていられましたよ！」

その後、セドリックとウィルキンズとポニーは親しい友人になった。その界隈《かいわい》の住人たちは、街道や緑の小道を二人が元気のいい駆け足で走っていくのをほぼ毎日のように見かけた。コテージの子供たちは、すまし顔をした栗毛のポニーの鞍《くら》に背筋をピンと伸ばしてまたがる勇敢な姿をひと目見ようと、戸口に飛び出していった。すると、未来の領主は帽子を脱いでそれを振りながら、「やあ！　おはよう！」とまったく気取ったところのない態度で元気いっぱいに叫ぶのだった。ときにはポニーを止めて、子供たちとおしゃべりすることもあった。あるときウィルキンズは城に戻ってくると、村の学校のそばで足が悪くて疲れている子を見かけ、家までポニーに乗せて送っていく、と言い張って、セドリックがポニーを下りてしまった話をした。

「いやはや、まいったよ」ウィルキンズは厩舎の仲間たちにその逸話をしゃべった。

「まったく耳を貸そうとしなさらんかったんだ！　あっしが下りますって言っても、大きい馬じゃその子には乗りにくいって言いなさってね。おまけに『ウィルキンズ、あの子は足が悪いけど、ぼくはそうじゃない。それに、あの子と話がしたいんだよ』って、きたからな。でもって、その子をポニーに乗せると、両手をポケットに突っ込んで帽子を後ろにずらしてかぶり、口笛を吹きながら、えらく気さくにしゃべりながら歩いていきなさったんだ！　そして家に着いて、男の子のおっかさんが何事かと家から飛び出してくると、帽子をさっととって、こう言いなさった。『息子さんをお送りしました。足が痛いみたいでしたから。だけど、あの杖《つえ》じゃ、ちゃんと体が支えられないようですね。おじいさまに頼んで、息子さんに松葉杖《まつばづえ》を作ってもらいますね』おっかさん、驚いたのなんのって！　おれも肝をつぶしちまったよ」

ウィルキンズは伯爵がその話を聞いたら怒るのではないかと半ば恐れていたが、そうはならなかった。それどころか呵々《かか》大笑すると、セドリックを呼び、最初から最後まで詳しく説明させ、またひとしきり笑った。そして実際に数日後、ドリンコート家の馬車が、足の悪い少年の住んでいる家の前の田舎道に停まった。セドリックは馬車から飛び降りると、頑丈で軽い新しい松葉杖を鉄砲のように肩にかついで、玄関に歩いていき、ハートル夫人（その足の悪い少年の名字はハートルだった）にこう言って渡した。「よかったら、これ、おたくの息子さんに。おじいさまからもよろしくって言ってました。足がよくなるといいですね」

「おじいさまからよろしくって、言っておきました」馬車に戻るとセドリックは伯爵に報告した。「おっしゃっていなかったけど、たぶん忘れているだけかと思って。それでよかったんですよね？」

すると伯爵はまた笑ったが、余分なことだとは言わなかった。こうして二人は日ごとに親密になっていき、伯爵の博愛心と美徳に対するセドリックの信頼も日ごとに強くなっていった。セドリックは、自分の祖父は誰よりもやさしく気前のいい老紳士だと信じて疑わなかった。確かに、セドリックの願いは口にされるかされないかのうちにかなえられた。それこそ浴びるように贈り物や楽しみが与えられるので、ときどきそのことにとまどいを覚えるほどだった。どうやらセドリックはほしいものをすべて手に入れることができ、やりたいことは何でもできるようだった。もっとも、幼い男の子をこんなふうに育てるのは賢明な方針とは言えなかったが、未来の伯爵は実にりっぱにふるまっていた。おそらくコート・ロッジで母親と過ごす時間がなかったら、いくら気立てがよくても、甘やかされすぎて、少しわがままになったかもしれない。セドリックの〝大好きな人〟は注意深く愛情をこめて息子を観察していた。二人はさんざん、おしゃべりをして過ごし、セドリックが母から頰にキスされて城に戻るときは、必ず覚えておく価値のある高潔な教えがわかりやすい言葉で胸に刻まれていた。

ただし、セドリックが頭を悩ませている問題がひとつだけあった。周囲は気づいていなかったが、実はその謎のことでセドリックはさんざん首をひねっていたのだ。だが母親ですら、我が子がそのことをしょっちゅう考えているとは気づいていなかった。伯爵の方は、ずっとあとになるまで、そもそもセドリックがそんなことで悩んでいたとは思いもよらなかった。しかし、セドリックは観察力が鋭かったので、どうして母と祖父が絶対に会おうとしないのか不思議でならなかった。二人が一度も会ったことがないのは知っていた。ドリンコート家の馬車でコート・ロッジに行くとき、伯爵は決して降りなかったし、珍しく伯爵が教会に行くときも、セドリックだけが母とポーチで話をするか、いっしょにコート・ロッジに行った。それでも毎日、城の温室からコート・ロッジに果物と花が届けられた。それに、伯爵はひとつ、とても思いやりのあることをしてくれたので、セドリックの目にはますます完璧《かんぺき》な人間として映るようになった。エロル夫人が教会から一人で歩いて帰ったあの最初の日曜日から少しして、伯爵はある贈り物をしたのだ。一週間ほどして、セドリックが母親を訪ねようとして玄関に出ると、元気のいい二頭の馬が引くいつもの大型馬車ではなく、一頭のきれいな栗毛の馬が引くかわいらしい小型馬車が停まっていた。

「これはおまえからお母さんへのプレゼントだ」伯爵はいきなり言った。「田舎を徒歩で歩き回るわけにはいかんだろう。馬車が必要だ。御者が馬の世話もしてくれる。おまえからのプレゼントだよ」

セドリックは言葉でとうてい言えないほど喜び、コート・ロッジに着くのが待ちきれないほどだった。母は庭で薔薇《ばら》を切っていた。セドリックは小型馬車から飛び降りると、飛ぶように母のもとに駆け寄った。

「大好きな人!」セドリックは叫んだ。「信じられる? これ、お母さまのものなんだよ! おじいさまはぼくからのプレゼントだって言ってる。これはお母さま専用の馬車で、どこへでも行けるんだ！」

セドリックがすっかり有頂天になっているので、エロル夫人はどう答えたらいいのか途方に暮れた。プレゼントを受けとることを拒んで、息子の喜びをだいなしにするような真似はしたくない。たとえ、それが自分を敵とみなしている男から与えられたものであっても。結局、エロル夫人は薔薇やハサミを手にしたまま馬車に乗り込み、そこらを走り回った。その間じゅう、セドリックは祖父のほどこした善行や親切についてしゃべり続けていた。そのあまりにも無邪気な様子に、エロル夫人は何度かクスッと笑わずにはいられなかった。そして、わが子をぎゅっと抱きしめてキスをしながら、友人すらろくにいない老人のいいところだけがセドリックには見えているのだとわかって、ほっとした。

まさにその翌日、セドリックはホッブズさんに手紙を書いた。とても長い手紙で、最初の下書きができあがると、祖父のところに持っていって見てもらうことにした。

「つづりが正しいか自信がないんです。それに、まちがいを教えてもらえれば、また書き直せますから」

手紙は以下のようなものだった。

親愛なるホッブズさんへ　ぼくわおじいさまのことをかきます。おじいさまわみたこともないほどいいはくしゃくで、はくしゃくがぼおくんだというのわまちがいです。おじいさまわぜんぜんぼおくんじゃないからです。ホッブズさんがおじいさまとあえたらいいのにそうしたらいいともだちになれるのにね。おじいさまわつうふうであしがとてもいたいけれどすごくしんぼおしています。毎日どんどんおじいさまのことがすきになっています。みんなにしんせつにするはくしゃくのことわだれだってすきになりますよね。ホッブズさんがおじいさまとはなせたらいいのに。おじいさまわよのなかのことをなんでもしっているのでどんなしつもんをしてもこたえてくれますよ。だけどやきゅうわしたことがないんです。ぼくわポニーとばしゃ、おかあさまわきれえなばしゃをもらいました。ぼくわ三つもへやがあっていろんなおもちゃをもっています。おじさんわきっとびくりしますよ。おしろやにわもきにいるとおもいます。とてもおおきなおしろなのでまいごになるかもしれません。ウィルキンズわおしろのちかにろーやがあるとおしえてくれました。ウィルキンズというのわぼくのポニーのせわがかりです。ていえんわどこもかしこもとてもきれいでしかやうさぎがいてとりがもりをとびまわっています。おじいさまわとてもおかねもちだけどホッブズさんがおもっているはくしゃくみたいにいばたりじまんしたりしません。ぼくわおじいさまといるのがすきです。みんなとてもれいぎただしくてしんせつでぼうしをぬいであいさつしてくれ、おんなのひとたちわひざをまげておじぎをします。かみさまのしゅくふくがありますようにといってくれることもあります。ぼくわもうポニーにのれるんです。さいしょわだくあしをするとゆれました。おじいさまわやちんをはらえないきのどくなひとをのうじょうにそのままいられるようにしてあげたしメロンふじんわびょうきのこどもたちにぶどうしゅやなにかをもっていってあげました。ホッブズさんにあいたいです。おかあさまがおしろでいっしょにすめればいいなとおもいますけど、おかあさまがいなくてさびしくてたまらないときをべつにすればとてもしあわせです。ぼくわおじいさまがだいすきだしみんなもそうです。どーぞすぐおへんじください。

あなたのふるいともだちよりあいをこめて

セドリック・エロル

ついしん　ちかのろーやにわだれもいません。おじいさまわだれもそこにとじこめてくるしむたことがないんです。

ついしん　おじいさまわとてもいいはくしゃくだからホッブズさんのことをおもいだします。おじいさまわじんぼがあります。

「母親がいないとそんなにさびしいのか？」手紙を読み終えると伯爵はたずねた。

「はい。いつもさびしいと思ってます」

セドリックは伯爵のそばに近づき、片手を祖父の膝《ひざ》にあてがって見上げた。

「おじいさまは会えなくてもさびしくないんですか？」

「母親のことは知らないのでね」少しぶっきらぼうな口調になった。

「ええ、そうですね。それが不思議なんです。お母さまに何も訊《き》いてはいけないと言われているので、だから——訊きません。だけど、ときどき、なぜだろうって不思議でたまらなくなるんです。でも、質問をするつもりはありませんよ。お母さまと離れていてとてもさびしくなると、窓辺に立って、おかあさまが毎晩ぼくのために灯《とも》してくれる明かりを木の隙間から見るんです。とっても遠くだけど、暗くなるとすぐに灯してくれるから、光が瞬いているのが見えるんですよ。それに、お母さまの声も聞こえてくる気がします」

「その声は何と言っているんだね？」

「『おやすみ、神さまが一晩じゅうあなたを守ってくださいますように！』いっしょに暮らしていたときは、いつもお母さまがそう言ってくれたんです。毎晩、そう言ってくれて、朝はいつも『神さまが一日じゅうあなたを守ってくださいますように！』って。だから、ぼくはいつも安全に守られていたんです——」

「なるほど、そうにちがいないな」伯爵は淡々と言った。そしてもじゃもじゃの眉《まゆ》を寄せると、じっと孫を見つめ、そのまま長いこと視線をはずそうとしなかった。おじいさまはいったい何を考えているのだろうと、セドリックは不思議でならなかった。

9　気の毒な家々

実のところ、ここ最近、ドリンコート伯爵はこれまで考えたこともないことをあれこれ思い巡らしていて、その中身は大半が孫息子に関連したことだった。伯爵はとびぬけて誇り高い人間だったが、孫息子はあらゆる場面でその誇りを満足させてくれた。おかげで伯爵は人生に新しい楽しみを見いだすようになった。世間に跡継ぎを見せびらかすという喜びを堪能《たんのう》するようになったのだ。息子たちへの伯爵の失望は知らぬ者がいなかったから、誰もが感銘を受ける新しい小公子フォントルロイをお披露目することで、伯爵は快い勝利感に浸っていた。できたら自分がいかに大きな権力を握っているか、伯爵という地位がどれほど偉大であるか、孫に理解してもらいたい、とも願っていた。同時に他の連中にもそれをわからせたかった。伯爵は将来のために計画を立てた。そして自分の過去の人生がもっとましなものだったらよかったのに、真実を知ったとき、この無垢《むく》であどけない子供がひるむようなことがこれほど多くなければよかったのに、と無念に思うこともあった。長年にわたって祖父が「ドリンコート城の悪魔伯爵」と呼ばれてきたことを知ったら、あの愛らしい無邪気な顔にどんな表情が浮かぶかと想像すると居心地が悪かった。少し不安にすらなった。孫息子にはどうしても知られたくなかった。こうしたことで頭が一杯だったせいで、ときには痛風のことを忘れてしまった。しばらくして診察した医者は、伯爵の健康状態がこれまでなかったほど改善しているのを知って驚いた。おそらくこれまでのように無為に時間を過ごさず、自分の痛みや疾患以外に考える問題ができたせいで伯爵は元気になってきたのだろう。

ある晴れた朝、小公子フォントルロイがウィルキンズ以外の連れといっしょにポニーに乗っているのを見て、人々はびっくりした。大きな力強い灰色の馬にまたがる新しい連れは、なんと伯爵だった。実はこの計画を提案したのはセドリックで、ポニーに乗ろうとしていたとき、残念そうに祖父にこう言ってみたのだ。

「おじいさまもいっしょに来られればいいのに。おじいさまがこんな大きなお城で一人ぼっちで残っていると思うと、外に出かけていてもさびしいんです。いっしょに馬に乗れるといいですね」

それから数分して、伯爵がお乗りになるからセリムに鞍《くら》を置けという命令が下され、厩舎《きゅうしゃ》は大騒ぎになった。その後、ほぼ毎日のようにセリムに鞍が置かれた。大きな灰色の馬にまたがるハンサムでいかめしい鷹《たか》を思わせる風貌をした長身の白髪の老人、そして、そのかたわらで栗色のポニーに乗った小公子フォントルロイ。まもなく、その一帯で二人の姿は見慣れたものになった。緑の小道や気持ちのいい田舎道をいっしょに走るうちに、祖父と孫はますます親密さを増していった。そして、老人は「大好きな人」とその生活ぶりについて、あれやこれやと話を聞かされることになった。大きな馬と並んでポニーをだく足で走らせながら、セドリックは生き生きとおしゃべりをした。いつも実に楽しそうで、こんなにほがらかな遠乗りの連れはめったにいなかっただろう。話すのはもっぱらセドリックで、伯爵の方はたいてい黙って話に耳を傾け、喜びにあふれた陽気な顔を眺めていた。ときにはポニーに駆け足をさせてみろと、セドリックに言うことがあった。背筋をまっすぐ伸ばして勇ましく駆けだしていく孫の姿を、伯爵は誇りと喜びで目を輝かせながら見守っていた。そうしてひとっ走りして戻ってくるとき、セドリックは笑い声をあげながら帽子を振り、自分とおじいさまは本当にいい友達だと心から思うのだった。

　セドリックの話から、伯爵は息子の妻が怠惰な生活を送っているのではないことを知った。まもなく、伯爵は貧しい人々がエロル夫人をよく知っていることに気づいた。どこかの家で病人や不幸が出たり、お金に困っていたりすると、小さな馬車がよくその戸口に停まっていた。

「あのね、みんなお母さまを見ると、こう言うんです。『神さまの祝福を！』って。

子供たちは大喜びです。お裁縫を習いにおかあさまの家に来る人もいます。今はとてもお金持ちになった気がするから困っている人たちを助けたいの、ってお母さまは言っています」

跡継ぎの母親の外見が美しく、侯爵夫人だと言っても通るような貴婦人に見えることは、伯爵にとってもうれしくないわけがなかった。おまけに貧しい者たちに人気があり、慕われていると知れば悪い気はしない。ただし、孫息子がどんなに母親を愛しているか、大好きな人として母親との間にどんなに強い絆《きずな》があるかを目の当たりにするたびに、激しい嫉妬《しっと》が湧き上がった。老伯爵は自分がいちばんで競争相手などいないことを切望していたのだ。

その朝、伯爵は荒野《ムーア》の丘を孫と登っていき頂上で馬を止めると、乗馬鞭《むち》で眼下の広大で美しい風景をぐるっと指し示した。

「この土地がすべてわしのものだと知ってるかね？」伯爵はセドリックにたずねた。

「本当に？　こんなに広くてきれいな土地が、全部一人のものだなんてすごいなあ！」

「いつかこのすべてがおまえのものになることは知っているか——これ全部と、他にもたくさんのものが？」

「ぼくのものに！」いくぶん恐れをなしたような口調でセドリックは叫んだ。「いつですか？」

「わしが死んだときだ」

「じゃあ、いりません。おじいさまにはずっと生きていてもらいたいから」

「やさしいな」いつものように感情のこもらない声で伯爵は応じた。「だが、いつかすべてがおまえのものになるだろう――いつの日か、おまえはドリンコート伯爵になるのだ」

　セドリックはしばらくのあいだ身じろぎもせずに鞍にまたがっていた。どこまでも続くムーア、緑の農地、美しい森、小道沿いの家々、きれいな村、そして森の向こうにのぞく灰色の堂々たる城の尖塔《せんとう》。それから奇妙な小さいため息をひとつもらした。

「何を考えているんだ？」伯爵がたずねた。

「ぼくはなんて小さいんだろうって考えているんです。それと、大好きな人に言われたこと」

「どういうことだ？」

「とてもお金持ちになるのは、そんなに楽なことじゃないって言ってました。なぜって、いつもありあまるぐらいのものを持っていたら、他の人たちはそんなに恵まれていないことを忘れてしまいがちだからです。お金持ちの人はいつも気をつけて、そのことを思い出すようにしなくちゃいけないって。だから、おじいさまがどんなに親切かってことを話したんです。そうしたら、それはすばらしいことね、って言ってました。伯爵はとても権力があるから、自分の楽しみのことだけしか考えず、領地に住んでいる人たちを思いやらなかったら、困る人が出てくるでしょうからって。本当は助ければ助けられるけど――とてもたくさんの人がいるから、むずかしい仕事なんでしょうね。それと、あのたくさんの家を見て、ぼくが伯爵になったら、どうやってみんなの様子に目を配ったらいいんだろう、って考えていました。おじいさまはどういうふうにしていらしゃるんですか？」

伯爵が借地人について関心があるのは、きちんと地代を払っているかどうかという点だけで、払わないやつは追い出すだけだった。だからセドリックの質問に答えるのはむずかしかった。「ニュイックに任せてあるんだ」伯爵は言って、大きな灰色の口《くち》髭《ひげ》をひねりながら、小さな質問者をそわそわと見やった。

「そろそろ帰ろう」そしてつけ加えた。「おまえが伯爵になるときは、わしよりもずっといい伯爵になるようにしなさい！」

帰り道、伯爵はずっと黙りこんでいた。これまで誰も心から愛したことのない自分なのに、この小さな孫への愛情が日ごとに増しているとは信じられない――それはどう考えてもまちがいのない事実だった。最初のうちはセドリックの美しさと勇敢さが心地よく、誇らしいと感じただけだったが、今はそれ以上の気持ちを抱いている。どんなに自分がこの孫をそばに置きたがっているか、どんなに孫の声を聞くのが楽しみか、そしてこの小さな孫息子にどんなに好かれたがっているか、よく思われたがっているかに気づき、時折、苦くて乾いた笑いをひそかに浮かべた。「わしはもうろくした老いぼれだし、他に考えることがないせいだ」と心の中で言い訳した。しかし、そうではないことはよくわかっていた。それに真実を潔く認めて白状するなら、いやおうなく惹《ひ》きつけられているのは、自分がとうとう身につけることのなかった資質――率直さ、誠実さ、やさしい心根、決して悪い方に解釈しない愛情深い信頼感、そういったものだったのだ。

　その遠乗りから一週間ほどして、母親を訪問して帰ってきたセドリックは、何か悩んでいる様子で考えこみながら書斎に入ってきた。城に来た最初の晩と同じ背もたれの高い椅子にすわると、しばらく暖炉の残り火をじっと見つめていた。伯爵は無言でその様子を観察しながら、どうしたのだろうと考えていた。何か心にひっかかっていることがあるのは明らかだった。とうとうセドリックは顔を上げた。

「ニュイックさんはみんなのことをすべて知っているんですか？」セドリックはたずねた。

「住人たちのことを把握するのが彼の仕事だ。怠慢をしているとでも言うのか？」

　矛盾しているように思えるかもしれないが、この子が借地人たちに示す関心ほど、伯爵にとって興味深く、刺激されるものはなかった。伯爵自身はこれまでまったく彼らに関心を持ったことがない。しかし、まだまだ子供っぽい考え方をして、楽しいことなるとすぐに夢中になる潑剌《はつらつ》としたあどけない孫が、その巻毛の頭の中でそんな真面目なことを考えているのかと思うと、なかなか愉快だった。

「ひどい場所があるんです」恐怖を浮かべた目を大きく見開いて、セドリックは祖父を見上げた。「お母さまは見たことがあるんですって。村はずれの場所です。家と家がくっつきあって建っていて、今にも倒れそうなんです。ろくに息もできなくて、みんなとても貧しくて、何もかもぞっとするような有様なんです！　しょっちゅう熱病が流行《はや》って、子供が死んでます。そんな暮らしだし、とっても貧乏でみじめだから、悪いことをする人もいるんですよ！　マイケルとブリジェットよりもずっと厳しい暮らしです！　屋根は雨漏りがするんですよ！　お母さまはそこに住んでいる女の人のお見舞いに行ったんです。すっかり着替えをするまでそばに来てはいけませんって言われたの、ってお母さまはぼくに話しながら泣いていました！」

セドリックの目にも涙が浮かんでいたが、無理やり笑みをこしらえた。

「おじいさまは知らないんだ、ってお母さまに言ったの。だからこうして話したんです」セドリックは椅子から飛び降りると、伯爵の椅子に近づいてきてもたれた。「おじいさまならどうにかできますよね。ヒギンズさんにしてあげたみたいに。おじいさまはいつも、みんなのためになることをしているんですもの。おじいさまなら何かしてくれるはずだ、ニュイックさんが報告するのを忘れているにちがいない、ってお母さまに言いました」

　伯爵は膝《ひざ》に置かれた小さな手を見つめた。ニュイックが忘れているのではなかった。それどころか、アールズ・コートと呼ばれる村はずれの一帯の荒れ果てた状況は、一度ならず報告されていた。倒壊しかけた粗末な家々のことも、下水があふれることも、壁はじめじめと湿っぽく、窓は割れ、屋根は雨漏りがして、貧困と熱病と悲嘆が渦巻いていることも、伯爵はすべて知り抜いていたのだ。モーダント牧師はかなり強い口調で悲惨な状況を訴えたことがあったが、伯爵は乱暴な言葉で応酬したのだった。痛風の痛みが最悪だったこともあり、アールズ・コートの住人なんかさっさと死んで、教区で埋葬された方がいい、とすら口にした。それでその話題は打ち切りになった。とはいえ、膝の上の小さな手から誠実で熱意あふれる真摯《しんし》なまなざしでこちらを見つめている顔に視線を移すと、アールズ・コートのことも自分自身のこともいささか恥ずかしくなってきた。

「なんと！」伯爵は言った。「おまえはわしに理想的な借家を建ててほしいのかね？」そして自分の手を子供の手にしっかりと重ねると、その手をなでた。

「ああいうものは取り壊さなくちゃだめです」セドリックは熱い口調になった。「お母さまがそう言ってました。いっしょに行って、明日《あした》、取り壊してもらいましょう。

おじいさまの姿を見たら、みんな大喜びしますよ！　自分たちを助けるためにいらしたのだって、わかってますから！」そのうれしそうな顔では瞳が星のようにきらめいていた。

伯爵は椅子から立ち上がると、子供の肩に手を置いた。「さあ、外に出て、テラスを歩こう」そして短い笑い声をあげた。「その件について相談しようじゃないか」

それから、天気のいい晩にはたいてい二人で散歩をすることにしている広い石造りのテラスを行ったり来たりした。伯爵はまた二、三度笑い声をあげたものの、心ここにあらずで何か考えこんでいるようだった。ただし、その考えは不愉快なものではなさそうだったし、その手はずっと小さな友人の肩に置かれたままだった。

10　とんでもない知らせ

　実を言うと、エロル夫人は小さな村の貧しい人々のところに出向き、あれこれお手伝いをしているうちに、たくさんの悲しいことを見聞きしていた。ムーアから見たときは絵のように美しい村だったのが、近づいて見ると、遠くから眺めたときほど麗しくなかったのだ。怠惰と貧困と無知がはびこり、快適で勤勉な暮らしぶりとはほど遠かった。しかも、アールズボロは、この地方でもっとも悲惨な村だという悪評が立っていることをしばらくして知った。モーダント牧師からも困難な問題や失望させられることについて山のような話を聞いていたが、エロル夫人自身も身をもってそれを経験した。土地と建物の管理人は伯爵に追従するような人間ばかりが選ばれていたので、貧しい借地人たちの堕落ぶりやみじめな境遇にはまったく関心がなかった。そのせいで、本来なら目を配らなくてはならない多くのことがなおざりにされ、もともとひどかった村が、今では荒れ放題になっていた。

なかでも、アールズ・コートと呼ばれる地区では、病気がちの不衛生な住人たちが朽ちかけた家で劣悪な暮らしをしていて、伯爵家の領地におけるいわば汚点となっている。初めてそこを訪ねたとき、エロル夫人はあまりのことに背筋が寒くなったものだ。貧しさのせいですべてに投げやりになっているおぞましい暮らしは、都会ならともかく、田舎だと目を覆いたいほどだった。都会だと、どうにかなるように見えるからだ。育児放棄された薄汚い格好の子供たちが、生活の規律など一切なく、残酷なほど関心を向けられずに育っているのを見て、広壮な城で若い王子のように見守られて世話をされ、どんな願いもかなえられ、贅沢《ぜいたく》と安楽を満喫し美しいものだけに囲まれて日々を送っている我が子のことを思った。そのとき、この賢い小柄な母親の頭に、大胆な思いつきが閃《ひらめ》いたのだ。息子は幸運なことに伯爵に非常に気に入られていて、望みを口にすればほぼまちがいなく実現するということに、他の人たちばかりか、エロル夫人も気づくようになっていたのだ。

「伯爵はあの子にあらゆるものを与えてくださいます」エロル夫人はモーダント牧師に言った。「どんな気まぐれでもかなえてやろうとなさるのです。その寛大さをみんなのためになるように利用してはいけないでしょうか？　この件もどうにか認めていただくようにするのが、わたしの務めかと存じます」

エロル夫人は息子の親切で無垢《むく》な心を信じていたので、アールズ・コートの話をして聞かせた。セドリックは絶対にそれを祖父に話すだろうし、そこからいい結果が生まれるだろうと期待していた。

　こうして実際にいい結果がもたらされると、誰もが不思議がった。実は伯爵の背中を強力に押したのは、孫息子の祖父に対する揺るぎない信頼だった。祖父は物惜しみせず正しい行動をとるはずだ、と常にセドリックは信じていたのだ。自分が実は気前のいい性分などではなく、正しかろうとまちがっていようと、常に自分のやりたいようにしてきたということを伯爵は孫に気づかれるわけにいかなかった。人類全体に恩恵を施す崇高な魂の持ち主として賞賛の目で見られるなどということは、これまでの人生で一度も経験がなく、とても新鮮に感じられた。だから、愛情のこもった茶色の瞳《ひとみ》を見つめて、「わしはとことん利己的で老いぼれの自分勝手な人間なんだ。これまで一度だって気前のいいことをしたことがないし、アールズ・コートだろうがそこに暮らす貧乏人だろうが知ったこっちゃない」とかなんとか、そういう趣旨のことは口が裂けても言えなかった。それどころか、金色のふさふさした愛らしい巻毛のこの男の子をすっかり好きになっていたので、ときどき借地人たちに親切をほどこすのもいいんじゃないか、と感じるまでになっていた。そこで、うっすらと苦笑をもらしながらだったが、少し考えてからニュイックを呼び、アールズ・コートについて長い時間をかけて相談した結果、ぼろぼろのあばら家は取り壊し、新しい家を建てることに決めたのだった。

「フォントルロイがどうしてもそうしたいと言い張るのだ」伯爵は淡々と言った。

「それで資産価値が上がると思っているらしい。住人たちにはあの子の考えだと言っておいてくれ」そして、ドゥーガルと遊びながら暖炉前の敷物に寝そべっている未来の伯爵に視線を向けた。大きな犬は子供からかたときも離れようとせず、セドリックが徒歩のときは堂々たる足取りであとをついていき、馬や馬車で移動するときはすばらしい走りを見せ、どこへ行くにもつき従った。

もちろん田舎の人々にも町の人々にも、改築計画のことはすぐに広まった。最初のうちは大半の人が信じようとしなかった。だが、作業員の小さな一団が到着し、あばら屋を取り壊しはじめると、小公子フォントルロイがまたもや善行をほどこしてくれ、その無邪気なお節介のおかげで、ついにアールズ・コートの屈辱的な状況が改善されるのだということを人々はようやく実感した。あちこちでみんながどんなに自分のことを噂し、賞賛し、大きくなったらさぞりっぱな人間になるだろうとまで言っていることを知ったら、セドリックはとても驚いたことだろう！　しかし、セドリックはそんなことは夢にも思わなかった。ただ、素朴で子供らしい生活を幸せに送っているだけだった。庭園で遊び回り、ウサギを巣穴まで追いかけ、木陰の芝生や書斎の敷物に寝転び、おもしろい本を読み、それについて伯爵と話し合ったり、その物語をまた母親に聞かせたりしていた。ディックとホッブズさんに長い手紙を書くと、それぞれ人柄がにじみでた返事が送られてきた。毎日、祖父と並んで、あるいはウィルキンズに付き添ってもらって遠乗りに出かけた。市場町まで出かけたときは、みんなが振り返ってセドリックの方を見るのに気づいた。そういうとき、人々はぱっとうれしそうな顔になり帽子をとって挨拶《あいさつ》したが、セドリックはきっとおじいさまがいっしょにいるせいだろうと考えていた。

「みんな、おじいさまのことをとても好きみたいですね」セドリックはそう言って、明るい笑顔を祖父に向けた。「おじいさまに会うと、みんなとても喜んでいますよね？　ぼくのこともいつか、こんなふうに好きになってくれるといいんだけど。みんなに好かれるって、きっとすてきなことだと思うなあ」

そして、これほど敬愛されている人の孫であることをとても誇らしく感じるのだった。

家々が建てられているあいだ、その様子を見るために祖父と孫はたびたびアールズ・コートまで遠乗りした。セドリックはポニーから下りて作業員に近づいていき、すっかり仲良くなって、建築のことや煉瓦《れんが》積みのことについてあれこれ質問したり、アメリカのことを詳しく話して聞かせたりした。二、三度そういう会話を交わしたあとでは、帰り道に煉瓦造りについて伯爵に説明できるほどの知識を仕入れていた。

「こういうことをいつもちゃんと知っておきたいんです」セドリックは言った。「だって、将来、どこで何が役に立つかわかりませんものね」

二人が帰ってしまうと、作業員たちはセドリックのことを噂して、その一風変わった天真爛漫《らんまん》なしゃべり方を笑い合った。しかし、セドリックのことはみんな大好きだったし、子供が両手をポケットに突っ込み、巻毛の頭にかぶった帽子を後ろにずらして、小さな顔を好奇心で輝かせながら、作業現場でしゃべっている姿を見るのはとても楽しみだった。「ああいう子はめったにいねえよな」彼らは言い合った。「素直ではきはきしたすげえいい子だ。あっちの悪い血筋はあんまり引いてないんだな」そして作業員たちは家に帰ると女房にセドリックのことを話し、女房たちは寄ると触ると噂話に花を咲かせたので、ほとんど誰もがセドリックのことを話題にし、その逸話を知るようになった。同時に、「根性曲がりの伯爵」がついに愛する相手を見つけた、あのかたく凍りついたねじ曲がった心を温め、溶かしてくれる人を見つけた、ということもしだいに知れ渡った。

しかし、伯爵の心がどんなに温められたか、自分を信頼してくれる唯一の人間である孫のことが、日ごとにどんなにいとおしくなっていったかについては、誰も知らなかった。伯爵はセドリックが強く美しい青年になる日が待ち遠しくてならなかった。前途洋々たる人生が開けても、この子は相変わらずやさしい心を持ち、どこに行っても友人を作れることだろう。そのとき孫は何をして、その才能をどのように生かすだろう、と伯爵は夢想した。大きな本を読みふけり、金色の頭を日の光に輝かせて炉端に寝転んでいる子供を眺めるとき、伯爵の老いた目はきらめき、頰には赤みが差すのだった。

「この子にはどんなことでもできる」心の中でつぶやいた。「何だって！」

伯爵はセドリックに対する本心は誰にも語らず、他人に孫のことを話す時は、お得意の苦笑いを浮かべていた。しかし、セドリックはまもなく祖父が自分を愛していて、いつもそばにいてもらいたがっていることに気づいた――書斎にいるなら椅子のそばに、テーブルについているなら向かいに、遠乗りに行ったり馬車で出かけたり、広いテラスで夜の散歩をするときは隣に。

「覚えてますか？」あるとき炉端で寝転んで読んでいた本から顔を上げて、セドリックは祖父にたずねた。「初めてお会いした夜、いい友達になれそうだってぼくが言ったことを？　ぼくたちみたいに気の合う友達って、他にいないんじゃないかと思います」

「たしかにとてもいい友達だな」伯爵は応じた。「こっちにおいで」

セドリックは立ち上がって祖父のそばに行った。

「何かほしいものはないかね？」伯爵はたずねた。「まだ手に入れていないものはないか？」

子供は茶色の目に少し悲しげな色を浮かべて、祖父をじっと見つめた。

「ひとつだけ」セドリックは答えた。

「何なのだ？」

セドリックは少し黙りこんだ。何の理由もなくセドリックが答えをこんなにためらうことはこれまでなかった。

「さあ、何なのだね？」伯爵は答えをうながした。

「大好きな人です」

老伯爵はわずかにぎくりとしたようだった。

「だが、毎日のように会っておるだろう。それでは充分じゃないのか？」

「前はいつも顔を見ていたもの。夜寝るときは必ずキスをしてくれたし、朝起きると目の前にいました。それに、待ったりせずに、すぐ話ができたんです」

しばらく黙りこんだまま、老人と子供はお互いをじっと見つめ合った。それから伯爵は眉《まゆ》をひそめた。

「母親のことはかたときも忘れないのかね？」伯爵はたずねた。

「ええ、そうです。だって、お母さまだってぼくのことを忘れていないから。もしおじいさまといっしょに暮らしていなくても、おじいさまのことだって絶対に忘れっこありませんよ。今以上に、おじいさまのことを考えると思うな」

「まちがいなく、そうするだろうな！」さらにしばらく孫を見つめてから、伯爵は言った。

孫が母親のことを話すときに感じる嫉妬《しっと》の痛みが、これまで以上に強く胸に突き刺さった。それは孫に対する老人の愛情が増していたせいだった。

しかし、ほどなく伯爵は別の苦痛を感じることになった。その痛みはあまりにも強烈だったので、息子の妻を嫌っていたことなど、しばらくとはいえ忘れてしまうほどだった。しかも、異様な思いもかけない形で、その事件は起きた。

ある晩、アールズ・コートの家が完成する直前、ドリンコート城で盛大なディナーパーティーが開かれた。長い間、城でそういうパーティーが開かれるのは、ついぞないことだった。その数日前、サー・ハリー・ロリディルと夫人である伯爵の一人きりの妹レディ・ロリディルがやって来たので、村じゅうが大騒ぎになり、ディブル夫人の店のベルはまたもやひっきりなしに鳴り続けることになった。というのも、三十五年前に結婚して以来、レディ・ロリディルがドリンコート城を訪ねたのはたった一度きりだと、誰もが知っていたからだ。レディ・ロリディルは白い巻毛とえくぼと桃色の頰が印象的な、きりっとした美しい老婦人だった。きわめて善良で、世間一般と同じく兄のやり方には批判的で、自分自身の強い意志を持ち、躊躇《ちゅうちょ》せずに思っていることを率直に口にした。その結果、何度か伯爵と激しい口論になり、若い頃から顔を合わせることがほとんどなくなっていたのだった。

仲違《なかたが》いしてからも、兄についてはよくない噂がさんざん耳に入ってきた。妻をないがしろにし、その気の毒な妻が亡くなったこと。さらに、子供たちへの無関心と、意志が弱くてたちの悪い愛想ひとつない上の二人の息子たちのこと。二人とも伯爵家の面汚しであるばかりか、世間の物笑いの種になっていた。レディ・ロリデイルは、このベヴィスとモーリスの二人に一度も会ったことがなかった。しかし、あるときロリデイル家の屋敷ロリデイル・パークに、甥《おい》のセドリック・エロルだと名乗る十八歳くらいの長身でたくましいハンサムな青年がやって来たことがあった。近くを通りかかったので、母から話を聞いていたコンスタンシア叔母《おば》さまにお会いしたいと思って立ち寄りました、と青年は言った。レディ・ロリデイルはこのハンサムな青年をすっかり気に入り、家に一週間泊めて、大切にもてなし、さんざん甘やかし、ほめちぎったのだった。なにしろ、とてもやさしい性格だし快活で元気のいい若者だったので、帰ってしまったあと、今後もたびたび会えればと願っていた。しかし、それはかなわなかった。なぜならドリンコート城に帰ると伯爵はとても機嫌を損ねていて、ロリデイル・パークには金輪際行くなと命じたからだ。しかし、レディ・ロリデイルは青年のことを思い出すたびに、ほのぼのとした気持ちになったものだった。そのうちアメリカで結婚したと耳にしたときは、はやまったのではないかと心配になったが、父親から勘当され、どこでどうやって暮らしているのかすら誰も知らないと聞くと、とても腹を立てた。とうとう彼が亡くなったという噂が伝わってきたあと、長男のベヴィスが馬から投げ出されて命を落とし、次男のモーリスがローマで熱病にかかって急死した。その後まもなく、アメリカ人の子供が捜し出され、小公子フォントルロイとして連れてこられるという話が聞こえてきた。

「たぶん、上の二人みたいに堕落するに決まってるわ」レディ・ロリデイルは夫に言った。「母親がきちんとしていて、自分で子供を育てようという意志があるなら別だけど」

しかし、母親はセドリックと引き離されたと聞くと、レディ・ロリデイルは憤りのあまり言葉を失った。

「なんて恥知らずなの、ハリー！　年端もいかない子供を母親から離して、兄みたいな人間と二人で暮らさせるなんて！　兄のことだから、その子につらく当たるか、甘やかして小さな怪物にしてしまうか、どっちかに決まってるわ。役に立つものなら手紙を書いて――」

「むだだよ、コンスタンシア」サー・ハリーは言った。

「わかってるわ。わたしは誰よりもドリンコート伯爵のことを知っているもの。だけど、とんでもない話よね」

貧しい人々や農夫たちだけがセドリックのことを知っていたのではない。他の人々も噂を耳にしていた。セドリックのことはあちこちで評判になり、たくさんの話が広まっていた。美しい外見のこと、やさしい性格のこと、人気があること、祖父の伯爵に対してしだいに影響力が大きくなっていること。噂はその地方に屋敷を持つ上流階級の人々の耳にも届き、さらにはイングランドの別の地方にまで広まっていった。ディナーの席ではセドリックのことが取り沙汰《ざた》され、ご婦人方は若い母親を気の毒がり、噂どおりきれいな子なのかしらと好奇心を募らせた。かたや伯爵とその気質を熟知している紳士たちは、孫が祖父を親切な人だと信じこんでいるという話に大笑いした。ある日アッシェン・ホールのサー・トーマス・アッシュは、アールズボロで伯爵と孫がいっしょに遠乗りをしているのに出くわしたので、馬を止めて伯爵と握手を交わし、痛風の具合がよくなってお元気そうですね、と挨拶《あいさつ》した。「いやはや、あの老人ときたら、雄七面鳥みたいに得意そうだったぞ」のちに、そのできごとについてそんなふうに吹聴した。「だけど、それも当然だよ。あの孫みたいにきれいで品のいい子はめったにお目にかかれないからな！　背筋を矢のようにピンと伸ばして、若い騎兵さながらポニーにまたがっていたよ！」

というわけで、まもなくレディ・ロリデイルのところにも子供の噂が届いた。ヒギンズのこと、足の悪い男の子を助けたこと、アールズ・コートの家々のことなど、たくさんの話が伝わってきた。だから、ぜひともその子供に会いたいと思った。そして、その子に会うにはどうしたらいいかしら、と考えていたときに、折しも兄から、夫君ともどもドリンコート城においでいただきたいという招待状が届き、びっくり仰天したのだった。

「信じられない！」レディ・ロリデイルは叫んだ。「その子は奇跡を起こしたって聞いていたけど、信じる気になってきたわ。兄は孫のことをそれはそれはかわいがっていて、かたときもそばから離したがらないらしいの。しかも、とても自慢に思っているんですって！　きっとわたしたちに孫を見せびらかしたいのよ！」そして、ただちに招待を受けた。

レディ・ロリデイルがサー・ハリーといっしょにドリンコート城に着いたときは午後も遅くなっていたので、兄に会う前にまっすぐ自分の部屋に行った。ディナーのために着替えをすませてから客間に下りると、伯爵は長身のとても威厳のある姿で暖炉のそばに立っていた。そのわきには、豪奢《ごうしゃ》なレースの大きな襟がついた黒いベルベットの服を着た男の子がいた。その生気にあふれた丸顔はきりっとしていて、レディ・ロリデイルに向けられた茶色の目はとても澄んで素直だったので、彼女は喜びと驚きのあまり思わず声をあげそうになった。

伯爵と握手をしながら、少女時代から使ったことがなかった呼び名で兄に話しかけた。

「驚いたわ、モリニュー、この子なのね？」

「そうだ、コンスタンシア」伯爵は答えた。「そう、この子だ。フォントルロイ、こちらはおまえの大叔母のレディ・コンスタンシア・ロリデイルだ」

「はじめまして、大叔母さま」セドリックは挨拶した。

レディ・ロリデイルは子供の肩に片手を置き、仰向けた顔をしばらくじっと見つめてから、頬に心のこもったキスをした。

「大叔母のコンスタンシアよ。気の毒なお父さまのことは大好きだったわ。あなた、お父さまにそっくりね」

「お父さまに似ていると言われると、ぼく、とってもうれしいです」セドリックは答えた。「みんな、お父さまのことを好きだったみたいですから——お母さまも——それにコンスタンシア大叔母さまも」（最後の言葉はちょっと考えてからつけ加えた。）

レディ・ロリデイルはうれしそうだった。かがんで、またセドリックにキスし、そのときから二人は大の仲良しになった。

「ねえ、モリニュー」あとで伯爵に耳打ちした。「申し分のない子じゃないの！」

「たしかに」伯爵は無愛想に答えた。「とてもいい子だよ。わしらは親友なんだ。この子はわしがとても魅力的で親切な慈善家だと信じておる。ここだけの話だがな、コンスタンシア——ま、言わなくてもおまえにはばれるだろうが——まずいことに、わしはこの子のこととなると、相当な親馬鹿になりつつあるようなんだよ」

「母親の方はお兄さまのことをどう思っていますの？」レディ・ロリデイルはいつものように単刀直入にたずねた。

「訊《き》いたことがないな」かすかに眉《まゆ》をひそめて伯爵は答えた。

「そう、じゃあ、最初にはっきり申し上げておきますけどね、モリニュー、あなたのやり方には賛成できないわ。ですから、わたしはすぐにでもエロル夫人を訪ねるつもりよ。文句があるなら、今すぐそう言ってちょうだいね。その若い女性についてわたしが耳にしたことからすると、この子は何もかも母親から受け継いでいるのよ。ロリデイル・パークにまで、あなたの貧しい借地人たちはエロル夫人を敬愛しているっていう話が伝わってきているわ」

「連中が敬愛しているのはこの子だ」伯爵は言って、セドリックの方に顎《あご》をしゃくった。「会えばわかるが、エロル夫人は小柄できれいな女性だよ。その美しさがこの子にも受け継がれたようで、それについては感謝している。おまえがそうしたければ会いに行くがいい。ただし、エロル夫人は今後もコート・ロッジで暮らすし、わしに夫人に会いに行けとは言わないでほしい」そう言って、また顔をしかめた。

「でも、兄は前ほど夫人を憎んでいないみたい、それはまちがいないわ」後になってレディ・ロリデイルはサー・ハリーに話した。「それに、少し変わったみたいよ。とうてい信じられないでしょうけどね、ハリー、わたしに言わせれば、兄は人間らしくなりつつあるのよ。無邪気で愛情にあふれた子供を愛しているおかげでね。びっくりだけど、あの子は本気で兄を愛しているわ——あの人の椅子や膝《ひざ》に親しげにもたれていたもの。兄の実の子供たちだったら、虎に寄りかかった方がましだと言うでしょうね」

その翌日、レディ・ロリデイルはエロル夫人を訪ねた。戻ってくると、兄に報告した。

「モリニュー、あんなに愛らしい女性って会ったこともないわ！　銀の鈴みたいな声をしていて。あの子がこういうふうに育ったのもすべて夫人のおかげよ。あの女性は美しさだけじゃなくて、もっとたくさんのものをあの子に与えてきたの。だから、ここに来て、采配《さいはい》をふるってもらうように頼まないのは大きなまちがいよ。わたし、あの方をロリデイル・パークにご招待するつもりでいるわ」

「息子を置いては行かんだろう」伯爵は応じた。

「じゃあ、あの子も連れていかないとね」と笑いながらレディ・ロリデイルは言った。

しかし、セドリックは来ないだろうとわかっていた。伯爵と子供がどんなに固い絆《きずな》で結ばれるようになっているか、毎日、はっきりと目にしたのだ。誇り高く気むずかしい老人の野心と希望と愛情は、いまや子供一人に向けられており、心の温かい無垢《むく》な子供の方も、揺るぎない信頼と忠実さで祖父の愛情に報いているのが見てとれた。

　盛大なディナーパーティーの理由は、伯爵が跡継ぎの孫を世間にお披露目するためだと、レディ・ロリデイルは見抜いていた。さんざん噂になり、あれこれ取り沙汰されている少年が、噂で聞くよりもはるかにすばらしい男の子だということを、人々にじかに見てもらいたがっているのだ。

「兄にとって、ベヴィスとモーリスはとてつもない屈辱だったの」レディ・ロリデイルは夫に話した。「誰もがそのことを知っているわ。実のところ、兄はあの二人を憎んでいたぐらい。今度は鼻高々なんでしょ」おそらく招待を受けた客は一人残らず小公子フォントルロイに会いたがっていて、子供もパーティーに出席するのではないかと楽しみにしていた。

　ついに当日が来て、セドリックはパーティーに現れた。

「この子は行儀がいいのだ」と伯爵は言った。「邪魔にはならんだろう。子供というのはたいてい愚かか退屈かだ――息子たちは両方だった。だが、この子は話しかけられればちゃんと答えられるし、そうでないときは黙っていられる。不作法な真似はせんよ」

　しかし、セドリックはすぐに黙っているわけにいかなくなった。誰もが話しかけてきたのだ。みんな、少年にしゃべらせたかったからだ。貴婦人方はセドリックをちゃほやし、さまざまな質問をし、紳士たちも大西洋を渡った船上でそうだったように、あれこれたずね、セドリックをからかった。セドリックは自分の答えにときどき笑いが湧き起こる理由がよくわからなかった。だが、こちらが真剣に何か言っても大人はおもしろがることには慣れていたので、気にしなかった。その晩は何もかもがとても楽しかった。豪華な部屋部屋はまばゆく照らしだされ、あちこちにたくさんの花が飾られ、紳士たちは陽気で、貴婦人たちはとても美しいすばらしいドレスで着飾り、髪や襟元に飾った宝石がきらめいていた。ロンドンで「社交シーズン」を過ごしてきたばかりだという一人の若い貴婦人が来ていた。彼女はとても魅力的だったので、セドリックは目を離せなくなった。すらりと長身の若い貴婦人は、とてもやわらかそうな髪で、小さな頭を誇らしげにもたげている。大きな目は菫《すみれ》色、頬と唇は薔薇《ばら》色だった。美しい白いドレスで装い、パールのネックレスを首にかけていた。この若い貴婦人にはひとつ不思議なところがあった。たくさんの紳士たちがこの女性の近くに集まってきて、彼女を喜ばせようと躍起になっていたのだ。セドリックはこの人はお姫さまか何かにちがいないと思った。すっかり貴婦人に夢中になって知らず知らずのうちに近づいていたらしく、とうとう貴婦人が振り向いて話しかけてきた。

「こちらへいらっしゃいな、フォントルロイさま」微笑みながら、その貴婦人は言った。「どうしてそんなふうにわたしを見つめていらっしゃるの？」

「なんてきれいな方なんだろうと思っていたんです」セドリックは答えた。

すると、紳士たちがいっせいに声をあげて笑い、若い貴婦人も小さく笑って、薔薇色の頬が一段と鮮やかな色に染まった。

「ああ、フォントルロイ卿《きょう》」いちばん大きな声で笑っていた紳士が言った。「今のうちだけですよ！　大きくなったら、そんなことを言う勇気はなくなりますからね」

「でも、誰だって言わずにはいられませんよ」セドリックは無邪気に答えた。「言わずにいられますか？　あなたはきれいだって思わないんですか？」

「思っていても、ぼくたちは口にするのを許されないんです」その紳士は答え、残りの紳士たちはさらに大きな声で笑った。

だが、ミス・ヴィヴィアン・ハーバートという名前のその美しい若い貴婦人は、片手を差しのべてセドリックを自分の方に引き寄せた。そばで見ると、その女性はいっそうきれいだった。

「フォントルロイさまは思ったことをおっしゃってよろしいんですよ。わたし、とてもうれしく思っています。だって、言葉どおりに思っていらっしゃることがわかりますもの」そして、セドリックの頬にキスした。

「これまで会ったどんな人よりもきれいだと思います」純真なまなざしでうっとりと貴婦人を見つめながら、セドリックは言った。「もちろん、お母さまは別ですよ。お母さまほどきれいな人はとても考えられません。お母さまは世界でいちばんきれいだと思います」

「そうに決まってますわ」ミス・ヴィヴィアン・ハーバートは言った。そして、笑い声をあげると、セドリックの頬にもう一度キスした。

その晩はほぼずっと、ミス・ハーバートはセドリックを横に置いていたので、二人を中心にした一団はとてもにぎやかだった。どういう成り行きだったのかわからないが、いつのまにかセドリックはアメリカについてあれこれ話していた。共和党の大会について、ホッブズさんとディックのこと、しまいにはディックのお餞別《せんべつ》の赤いシルクのハンカチをポケットから取り出した。

「パーティーだから、今夜はこれをポケットに入れてきたんです」セドリックは言った。「ディックはパーティーで使ってもらいたがるだろうと思ったから」

大きくて真っ赤なハンカチは趣味が悪いし、染みまでついていたが、セドリックの目は真剣で愛情があふれていたので、眺めていた人々は笑うのを遠慮した。

「ぼく、これが気に入っているんです。だって、ディックはぼくの友達だから」

セドリックはさんざんおしゃべりをしたが、伯爵が言っていたとおり大人の邪魔にはならなかった。他の人が話しているときは黙って耳を傾けたので、うるさいと思われることもなかった。何度か祖父の椅子に近づき、そばに立ったり、すぐ隣のスツールに腰掛けたりして、祖父の顔を見つめながら、その言葉に深い興味を浮かべて聞き入っていた。その様子を目にした何人もの客が、つい口元をゆるめて微笑を浮かべた。あるときなど椅子の肘掛《ひじか》けのすぐそばに立ったので、頬が伯爵の肩に触れそうになった。周囲の人々が微笑んでいるのに気づき、伯爵までうっすらと笑みを浮かべた。伯爵は客たちが何を考えているのか百も承知だったし、自分と孫がとても仲がいいのを見せつけて、ひそかに楽しんでいた。みんな、この少年も世間と同じように伯爵に批判的な意見を持つだろうと予想していたのだろうから。

ハヴィシャム氏は午後には到着することになっていたが、珍しいことに遅れてやって来た。長年の間ドリンコート城を何度も訪れていたが、そんなことは初めてだった。すっかり遅れて到着したので、すでに客たちは席を立ってディナーのために食堂に向かおうとしているところだった。近づいてきたハヴィシャム氏を見て、伯爵は驚いた。急いで来たのか、動揺しているのか、いつも感情を表に出さない知的な老いた顔が青ざめているように見えたのだ。

「ちょっと足止めされまして」ハヴィシャム氏は低い声で伯爵に告げた。「思いがけないことが起きたものですから」

何かのせいでバタバタして遅刻するとは、几帳面《きちょうめん》な弁護士にしては珍しかったが、何か気になっていることがあるのは明らかだった。ディナーの席ではほとんど何も食べず心ここにあらずの様子で、話しかけられて、はっと我に返るということが二、三度あった。デザートになってセドリックが入ってくると、ハヴィシャム氏は落ち着きを失って不安そうに何度かそちらを見た。セドリックはその視線に気づき、不思議に思った。ハヴィシャム氏とは仲良しだったし、いつも笑みを交わし合うのだ。

しかし、今夜の弁護士は微笑むのを忘れているかのようだった。

実を言うと、その夜が終わるまでに伯爵に伝えなくてはならない降って湧いたようなつらい知らせがあり、そのせいでハヴィシャム氏は何もかも忘れてしまったのだ。その予想外の知らせはぞっとするほどの衝撃をもたらし、何もかもを変えてしまうだろう。豪奢《ごうしゃ》な部屋と麗々しい客たちを見回しながら、これだけの人々が集ったのは、他でもない伯爵の椅子のそばにいる金色の髪の子供を見たいがためだ、とハヴィシャム氏は思った。誇り高い老伯爵と、かたわらで笑っている小公子フォントルロイを眺めていると、敏腕で老獪《ろうかい》な弁護士であるにもかかわらず、ハヴィシャム氏は体が震えてくるのを感じた。この人たちに、こんな衝撃的な知らせを伝えなくてはならないとは！

長時間にわたる豪勢なディナーがいつ終わったのかも、ハヴィシャム氏はろくに気づかなかった。夢の中にいるかのようにただ席についていたが、伯爵が不審そうにこちらを何度か見ていることには気づいた。

とうとうディナーは終わり、紳士たちは先に客間でくつろいでいた貴婦人たちと合流した。セドリックはロンドンの今年の社交シーズンでいちばんの美女、ミス・ヴィヴィアン・ハーバートといっしょにソファにすわっていた。二人は絵を眺めていて、ドアが開いたとき、セドリックはちょうどお礼を言っているところだった。

「とても親切にしてくださって、本当にありがとうございます！　ぼく、パーティーって初めてだったんです。おかげでとても楽しめました！」

紳士たちがまたミス・ハーバートの周囲に集まって話しかけはじめると、セドリックは耳をそばだてて、笑い混じりの話を理解しようとしたが、パーティーを心ゆくまで楽しんだ疲れが出て、まぶたが重くなってきた。二、三度、とうとう目をつぶってしまい、ミス・ハーバートの低いきれいな笑い声ではっと目が覚め、二秒ほどどうにか目を開けていた。眠るものかとがんばったが、背中に大きな黄色のサテンのクッションがあったので頭をそこに預けると、まもなく、まぶたが完全に落ちてしまった。長い時間がたち、誰かがそっと頬にキスしてくれたときも、まぶたをちゃんと開けられなかった。キスしたのは帰ろうとしているミス・ヴィヴィアン・ハーバートで、彼女はやさしくささやきかけた。

「おやすみなさい、フォントルロイさま、いい夢を」

朝になったとき、セドリックは目を開けようとしながら、眠たげにこうつぶやいたことも覚えていなかった。

「おやすみなさい――ぼく、すごく――うれしい――あなたに会えて――あなたはとてもきれい――」

かすかに覚えていたのは、紳士たちがまた笑い声を上げ、どうして笑っているんだろう、と不思議に思ったことだけだった。

最後の客が部屋を出ていくやいなや、ハヴィシャム氏は暖炉のそばから立ち上がり、ソファの方に移動した。そして、そこですっかりくつろいで気持ちよさそうに眠っているセドリックを見下ろした。組んだ脚がソファの端からぶらさがり、片腕を頭の上へ軽く伸ばしている。安らかなあどけない顔は頬がほんのりと赤らみ、健康で満ち足りた眠りをむさぼっていた。金髪の巻毛はもつれて黄色のサテンのクッションの上に広がっている。それは一見の価値のある絵のように美しい光景だった。

ハヴィシャム氏はそれを眺めながら、悩んでいる様子で片手で髭《ひげ》を剃《そ》った顎《あご》をこすった。

「おい、ハヴィシャム」背後から伯爵の耳障りな声がした。「どうしたんだ？　何かあったのだろう。思いがけないことというのは何だったんだね？」

ハヴィシャム氏は顎をこすりながら、ソファから振り向いた。

「悪い知らせです。ぞっとするような知らせなんです、伯爵。最悪の事態になりました。こんなことをお伝えしなくてはならないのが残念です」

伯爵はハヴィシャム氏の様子を見て、夜のあいだ少し落ち着かなくなっていた。そして、落ち着かなくなると、癇癪《かんしゃく》を爆発させるのが常だった。

「どうしてそんな目でこの子を見るんだ！」いらだたしげに伯爵は叫んだ。「一晩じゅうフォントルロイを見ていたな、まるで——。おい、どうしてこの子を見てばかりいるんだ、ハヴィシャム。縁起の悪い鳥みたいにずっとのぞきこんで！　おまえの知らせはフォントルロイとどう関係しているんだ？」

「伯爵、端的に申し上げます。わたしの知らせはフォントルロイ卿《きょう》とおおいに関係がございます。そして、その知らせを信じるなら、今ここで眠っていらっしゃるのはフォントルロイ卿ではなく、エロル大尉のご子息にすぎません。そして、小公子フォントルロイと呼べるのは、ご長男ベヴィスさまのご子息で、現在はロンドンの下宿屋におられます」

伯爵は手の甲に血管が浮き出すほどきつく椅子の肘掛けをつかんだ。額の静脈も青く浮き出している。怒りをたぎらせた顔は鉛のような色になった。

「どういうことなんだ！」伯爵は怒鳴った。「正気の沙汰《さた》じゃない！　誰がそんな嘘を言ってる？」

「嘘だとしたら、あまりにも手が込んでいます。今朝、わたしの事務所に女がやって来ました。六年前にロンドンでベヴィスさまと結婚したと言うのです。結婚証明書を見せてくれました。結婚して一年後にけんかをして、手切れ金を払ってもらったとか。彼女には五歳の息子がいます。アメリカの下層階級の出身で——教養も品格もない人間です。最近まで、息子にどういう権利があるのか知らなかったようです。弁護士に相談し、その子が本当の小公子フォントルロイで、ドリンコート伯爵家の跡継ぎだと知ったとか。もちろん、息子の権利が認められることを求めています」

黄色のサテンのクッションで巻毛の頭が動いた。開いた唇から長い眠たげなため息がそっともれ、男の子は眠りながら身じろぎしたが、寝苦しそうでも、うなされているわけでもなさそうだった。実は自分は小さなペテン師で小公子フォントルロイではなく、永遠にドリンコート伯爵になれないことを証明されようとしているという状況でも、眠りはまったく妨げられないようだった。鋭い視線を注いでいる老伯爵にもっとよく見せようとするかのように、薔薇《ばら》色の顔を少し横向きにしただけだった。

伯爵のりっぱないかめしい老いた顔は死人さながら青ざめていた。唇には苦い笑いが浮かんだ。

「そんなたわごとは、ひとことだって信じたくない」伯爵は言った。「しかし、これほど下劣な醜聞となると、ベヴィスがからんでいることは充分にありうるな。いかにもベヴィスのやりそうなことだ。あいつはずっと我が一族の恥だった。意志薄弱で信用がおけず根性が曲がっていて、下品な趣味嗜好《しこう》のろくでなしだった。それがわしの息子で跡取り、小公子フォントルロイだったんだ。その女は教養がなく下品だと言っておったな？」

「自分の名前すらろくに書けないと認めざるをえません」弁護士は答えた。「まったく教育がなく、欲得ずくなのは明らかです。狙いは金だけですよ。かなりの美人ではありますが、自堕落な感じで――」

潔癖な老弁護士は言葉を切り、身震いをした。

伯爵の額の血管は紫色のひものようにふくれあがり、そこに冷たい汗がにじみでてきた。伯爵はハンカチをとりだして、それをぬぐった。その苦笑いはいっそう苦味を増した。

「だのに、わしはもう一人の女をしりぞけた。この子の母親を」ソファで眠っている姿を指さした。「あの女性を認めようとしなかった。教養のあるちゃんとした女性だったのに。これはその報いなのだろう」

いきなり椅子から立ち上がると、部屋を行ったり来たりしはじめた。激しくおぞましい言葉が口からあふれ出てくる。怒りと憎悪と身を切るような苦渋が、嵐にもみくちゃにされている木のように伯爵を翻弄《ほんろう》した。その癇癪は見るもおぞましかったが、怒りが頂点に達した時ですら、伯爵は黄色のサテンのクッションで眠っている子のことを忘れず、起こしてしまわないよう声を抑えていることにハヴィシャム氏は気づいた。

「こういうことになるとわかっておったわ。最初からあいつらは面汚しだった！　わしは二人とも憎んでいた。そして、向こうもわしを憎んでおった！　とりわけベヴィスはできそこないだった。それでも、こんなことをしでかすとは信じられん！　とことん戦ってやるぞ。しかし、いかにもベヴィスらしいやり口だ――実にあいつらしい！」

それから、またひとしきり怒りをほとばしらせ、その女について、証拠書類について、矢継ぎ早に質問しながら部屋を歩き回った。怒りを抑えようとするせいで、顔は蒼白《そうはく》になったり紫色になったりした。

とうとう、話を残らず聞き、最悪のことを知った伯爵を、ハヴィシャム氏は心配そうに見た。伯爵は打ちひしがれてやつれ、別人のようだった。怒りは常に体に障ったが、今回の怒りには怒りだけではすまされないものが含まれていたので、よけいに打撃は大きかった。

とうとう、伯爵はゆっくりとソファに歩み寄り、そばに立った。

「わしでも子供をかわいいと思うことがあるはずだと言われても、これまではとうてい信じなかった」そのしゃがれた声は低く、震えていた。「前から子供は嫌いだった。誰よりも自分の子供たちがな。だが、この子のことはかわいくてたまらない。この子もわしを好いてくれている」苦々しげな笑みが浮かんだ。「わしは人望がない。これまで誰にも好かれたことなどない。しかし、この子はわしを好いてくれ、怖がったことは一度もない。いつだってわしを信頼してくれている。わしよりもずっといい伯爵になっただろう。それはまちがいない。我が一族の誉れになったはずだ」

かがみこむと、しばらく幸せそうに眠っている顔を見つめていた。もじゃもじゃの眉《まゆ》がぎゅっと寄せられたが、なぜか少しも恐ろしく見えなかった。片手を上げ、子供の額から金色の髪をそっとかきあげてやると、振り返ってベルを鳴らした。

いちばん大柄な従僕が現れると、伯爵はソファを指さした。

「連れていけ」それから口調をわずかに変えた。「フォントルロイ卿を部屋にお連れしなさい」

11 アメリカでの心配

ホッブズさんは幼い友達がドリンコート城に行き、フォントルロイ卿になってしまうと、たくさんの楽しい時間をいっしょに過ごした小さな友達と自分との間には大西洋の大海原が広がっているという事実を改めて突きつけられ、寂しくてたまらなくなった。実を言うと、ホッブズさんは頭の回転が速い人間でも、気のきく人間でもなかった。どちらかと言えば、不器用で面白みのない人間だったので、知り合いも多くはない。一人で楽しく過ごそうとするほど活動的ではなかったし、実際、気晴らしと言えば、新聞を読むことと売り上げの計算をすることぐらいだった。その計算をするのがひと苦労で、ときには数字を合わせるのに長い時間がかかることもあった。セドリックが指と石盤（粘板岩の薄板で、石筆で文字などを書くもの。布でふくと消える）と石筆で足し算が上手にできるようになると、計算を手伝おうとしてくれたことすらあった。それにセドリックは聞き上手で、新聞に書かれていることにとても興味を持っていたので、二人は独立戦争やイギリス人や選挙や共和党について、長時間にわたってあれこれ話し合っていた。だから、今、セドリックがいなくなって、食料品店が妙にがらんとしているように感じられるのは不思議ではなかった。最初のうちは、セドリックはそんなに遠くに行ったのではなく、じきに帰ってくるような気がしていた。いつの日か、ふと新聞から顔を上げたら、あの子が白いスーツに赤いタイツをはいて、麦わら帽子をかぶって戸口に立っている。そしてあの陽気なかわいらしい声で、「こんにちは、ホッブズさん！　今日は暑いですね」と言うだろうと。しかし、どんどん月日が過ぎてもそんなことは起きず、ホッブズさんはとても気分が沈み、落ち着かなくなってきた。かつてのように新聞も楽しめなくなり、読み終わった新聞を膝《ひざ》に置き、長い間、高いスツールをぼんやりと見つめて過ごすようになった。スツールの長い脚にはいくつか跡がついていて、それを目にすると、いっそう憂鬱《ゆううつ》になり悲しみがこみあげてきた。それは未来のドリンコート伯爵がおしゃべりしながら、かかとでスツールの脚を蹴《け》ってつけた跡だった。伯爵とはいえ、幼いときはすわっているスツールの脚を蹴るようで、いくら高貴な血筋やりっぱな家柄でも避けられないことのようだ。スツールの跡をさんざん眺めてから、ホッブズさんは金時計を取り出して蓋《ふた》を開け、「ホッブズさんへ。これを見るとき、ぼくを思い出してください。いちばん古い友、フォントルロイ卿《きょう》より」と刻まれた文字をじっと見つめる。さんざん文字を見つめてから大きな音を立てて蓋をパチンと閉め、ため息をひとつつくと、立ち上がって戸口に行き、ジャガイモの箱とリンゴの樽《たる》の間に立って通りを眺めた。夜になって店を閉めると、パイプをくゆらしながら、ゆっくりと歩道を歩いてセドリックがかつて住んでいた家まで行った。そこには立て看板が出ていた。「貸家」そのそばに立ち、家を見上げて首を振り、パイプをひとしきりふかすと、また悲しげな足取りで引き返すのだった。

こんなことが二、三週間続いたあとで、新しい考えが閃《ひらめ》いた。のんびりしていて頭の回転が速いとは言えなかったので、いつも何かを思いつくのに時間がとてもかかるのだ。ふだんは新しい思いつきなどは好まず、従来のやり方を変えなかった。しかし二、三週間しても状況は好転せず、悪化の一途をたどったので、新たな計画を少しずつ慎重に温めはじめた。ディックに会いに行くつもりだった。その結論に至るまでに、さんざんパイプをふかしたが、ついに決心した。ディックに会いに行こう。ディックのことなら何でも知っていた。セドリックが詳しく話してくれたからだ。いろいろなことをディックと話し合ったら、心が慰められるだろう、とホッブズさんは思った。

こうしてある日、ディックがせっせとお客の靴を磨いていると、浮かぬ顔をした禿《は》げ頭でずんぐりした男が歩道に立って、靴磨きの看板を眺めはじめた。そこにはこう書かれていた。

最高の靴磨き

ディック・ティプトン先生

男があんまりじろじろ看板を見ているので、ディックはにわかに興味を持った。そのお客の靴を仕上げてしまうと、ディックは声をかけた。

「磨きましょうか、だんな？」

恰幅《かっぷく》のいい男はゆっくりと近づいてきて片足を足台にのせた。

「頼む」男は言った。

それからディックが仕事にとりかかると、ずんぐりした男はディックと看板を交互に眺めた。

「これはどこで手に入れたんだね？」男はたずねた。

「友達からもらったんすよ。まだ小さい子だけど、この仕事道具をそっくりくれたんでさあ。あんないい子はいないっすよ。今はイギリスにいるんだけどね。あっちで貴族になるとかでさ」

「貴族って言うと、ええと」ホッブズさんはのろくさと考えた。「フォントルロイ卿だっけ――末はドリンコート伯爵になるっていう子じゃないかね？」

ディックはブラシを落としそうになった。

「だんな、あの子を知ってるんで?」

「よく知ってたよ」ホッブズさんは額の汗をぬぐいながら答えた。「あの子が生まれてからずっとな。おれたちは一生の友達なんだ、本当に」

そんなことを打ち明けたせいで、ホッブズさんはすっかり興奮してしまった。見事な金時計をポケットから取り出すと、蓋を開けて内側をディックに見せた。

「『これを見るとき、ぼくを思い出してください』」ホッブズさんは読み上げた。「これが別れの贈り物だったんだ。『ぼくのこと、忘れてほしくないんだ』あの子はそう言っていたっけ。忘れるわけないさ」ホッブズさんは首を振った。「こんなものをくれなくても。それに、二度とあの子に会えなくてもな。あの子といったん友達になったら、絶対に忘れることなんてないよ」

「あんなにいい子はどこにもいやしないっすよ」ディックは同意した。「それに根性があった――ちっこいのに根性がすわってたね。おいらたちも友達だったんす。最初っから気が合ったな、あいつとは。おいらが乗合馬車の下にころがっちまったボールを拾ってやったら、ずっとそれを覚えてたね。で、おっかさんやばあやとこっちに来ると、大きな声で叫ぶんすよ。『やあ、ディック!』って、大の大人顔負けの親しげな声でね。バッタみたいにちっこくて、女の子みたいなスカートをはいているっていうのにさ。陽気な子でねえ、へこんでいるときでも、あの子と話すと気分が晴れたもんでさ」

「そのとおりだ」ホッブズさんも相槌《あいづち》を打った。「あの子が伯爵になんぞなるのは残念だよ。食料品店をやったら才能を発揮しただろうに――生地屋でもよかったかもな。きっと腕をふるっただろう！」そしてホッブズさんはさらに無念そうに首を振った。

二人には山のように話すことがあり、一度では話しきれないということがわかったので、翌日の晩、今度はディックが店を訪れ、ホッブズさんと過ごすことになった。その計画にディックはすっかり有頂天になった。物心ついたときから通りで孤児《みなしご》として育ってきたが、ディックは決して不良ではなかったし、もっとちゃんとした暮らしをしたいという願望をひそかに温めていた。自分で商売をやるようになってからは、通りではなく屋根の下で寝られるだけのお金を稼げるようになった。だから、いつかもう少し生活レベルを上げられるかもしれないと期待するようになっていた。したがって、通りの角で店を経営し、家と荷馬車まで所有している恰幅のいいちゃんとした男性から招待を受けることは、ディックにとってはまさに人生の一大事だった。

「伯爵と城について、きみは何か知っているかね？」ホッブズさんはたずねた。「詳しいことをもっと知りたいんだ」

「《ペニー・ストーリー・ガゼット》に記事が出てましたぜ」ディックは言った。『宝冠の罪、メイ伯爵夫人の復讐《ふくしゅう》』っていうタイトルだったかな。おもしれえですよ。

仲間のうちでも読んでるやつがいやす」

「来るときに持ってきてくれ。もちろんお金は払うよ。伯爵の記事が出ているやつは残らず持ってきてほしいな。伯爵じゃなくても、侯爵でも公爵でもいい。冠のことはあの子とちょっと話題にしたが、いまだ見たことがなくてね。このあたりじゃ、冠なんてあんまりお目にかかれないみたいだしな」

「あるとしたら、〈ティファニー〉ですかねえ。だけど、見ても、それが冠だって、おいらにはわかんねえと思うな」

ホッブズさんは自分も冠を見てもわからないだろう、とは口にせず、ただ、考えこみながら首を振るだけにした。

「たぶん、あまり需要がないんだろう」そう言って、その話題にけりをつけた。

これがきっかけで、二人は親しく交流するようになった。ディックが店に行くと、ホッブズさんは大歓迎してくれた。ドアにもたせかけてある椅子を勧め、若い友人が腰を落ち着けると、そばにあるリンゴ樽をパイプを持った手で指し示し、「好きにやってくれ」と言った。

そして、新聞小説に目を通し、そのあと二人でイギリスの貴族制度について話し合いながら、ホッブズさんはさかんにパイプをふかし、何度も首を振った。いちばん激しく首を振ったのは、足跡がついた高いスツールを指さしたときだった。

「それはあの子が蹴った跡だよ」ホッブズさんは思いをこめて言った。「まさに蹴り跡だ。ここにすわって、何時間もぼうっとそれを見ていることもある。なあ、あの子はそこにすわり、樽のビスケットを食べたり、リンゴをかじったりして、芯《しん》は通りに放り投げていた。それが今じゃ、城に住んでいる貴族さまなんだからな。そいつは貴族の蹴った跡だ、いつか伯爵さまの蹴った跡になるだろう。ときたま、ひとりごとを言うんだ。『いやあ、おったまげた！』って」

思い出話とディックが訪問してくれたことで、ホッブズさんはとても慰められたようだった。ディックが家に帰る前に、二人は狭い奥の部屋で夕食をとった。ビスケットとチーズとサーディン、それに店から持ってきた缶詰をいくつか並べただけの簡単なものだったが、ホッブズさんはジンジャーエール二本をおごそかに開けると、めいめいのグラスに注いで乾杯をした。

「あの子に！」ホッブズさんはグラスを掲げた。「そして、あの子が伯爵や侯爵や公爵なんかの連中を痛い目にあわせてやれますように！」

その晩を境に、二人は頻繁に会い、ホッブズさんはぐっと気分がよくなり、憂鬱《ゆううつ》もいくぶん晴れた。《ペニー・ストーリー・ガゼット》や他のおもしろい新聞を読み、貴族や地主の習慣についていろいろと知識を仕入れた。もっとも、その知識というのは、二人が軽蔑《けいべつ》している貴族階級の人々が知ったら、仰天してしまうような怪しげなものだったのだが。ある日のこと、ホッブズさんは二人の蔵書に新しいものを加えようと考えて、書店まで足を運んだ。彼はカウンター越しに店員に話しかけた。

「伯爵についての本がほしいんだがね」ホッブズさんは切りだした。

「え、なんですって！」店員は叫んだ。

「伯爵の本だ」食料品店主は繰り返した。

「申し訳ありませんが、そういうものは置いておりません」店員はいぶかしげな表情をしている。

「ないだって？」ホッブズさんは動揺した。「じゃあ、侯爵とか――公爵でもいい」

「そういう本はございません」という返事だった。

ホッブズさんはひどく困ってしまった。しばらく床を見つめてから、視線を上げた。

「女伯爵の本もないのか？」またたずねた。

「残念ですが、ありません」店員は笑みを浮かべながら答えた。

「いやあ、おったまげた！」ホッブズさんは叫んだ。

書店を出ようとすると、店員が呼び止め、貴族が主人公の小説でもいいか、とたずねた。ホッブズさんは伯爵についてとりあげた本がないなら、まあ、それでもいいだろう、と妥協した。そこで店員はウィリアム・ハリソン・エインズワースが執筆した『ロンドン塔』という本を売ってくれ、ホッブズさんはそれを家に持ち帰った。

ディックがやって来ると、二人でそれを読んでみた。実におもしろい、わくわくする本で、「流血のメアリ」と呼ばれたイギリスの有名な女王の統治時代が描かれていた。ホッブズさんは、メアリ女王の残酷な所業を知って、すっかり動揺してしまった。なにしろ、この女王は人々の首を次々にはね、拷問にかけ、生きたまま火あぶりにしたというではないか。ホッブズさんはパイプを吸うのを止め、ディックをまじまじと見つめてから、額ににじんできた汗を赤いポケットチーフでふかずにはいられなかった。

「なあ、あの子も危ないぞ！」ホッブズさんは言った。「危険だよ！　そんな女たちが王座にすわって、そういう残虐なことをやらせるような国じゃ、あの子の身に何が起きるかわかりゃしない。どう考えたって危ないだろ！　そんな女がかっとなったら何をしでかすかわからんから、誰も安心していられんよ！」

「ええと」ディックも心配そうな顔になっていた。「だけど、今、いばってんのはこいつじゃねえすよ。今はヴィクトリーとかなんとかいう名前の女で、この本の女じゃねえ――こっちはメアリだからね」

「たしかにな」ホッブズさんはなおも額をふきながら言った。「そうだな。それに、新聞にゃ、拷問台とか親指締めの道具とか火あぶりとかは出てないしな――だけど、そんないかれた連中がいた国じゃ、あの子は無事でいられるかわからんよ。なにしろ、七月四日も祝わないって話だからな」

ホッブズさんはそれから数日ほどひそかに気をもんでいた。そんなときセドリックから手紙が届き、自分でも何度か読み返し、ディックにも読んで聞かせ、同時期にディックに届いた手紙も読み、ようやく胸をなでおろしたのだった。

二人ともセドリックからの手紙に大喜びだった。何度も繰り返し読み、それについて話し合い、書かれたひとことひとことに胸を躍らせた。それから何日もかけて返事を書き、届いた手紙と同じぐらい、それを何度も読み返してから投函《とうかん》した。

ディックにとって手紙を書くのはひと苦労だった。読み書きは、兄といっしょに暮らしていた数カ月間に夜学に通って習っただけだったのだ。しかし、頭の切れる少年だったので、その教育を最大限に活用し、それ以来、新聞でつづりを覚えたり、歩道や壁や塀にチョークで文字を書いたりして勉強した。ディックはホッブズさんに自分の生い立ちのことや兄のことを残らず話した。母親が亡くなったあと、兄はまだ小さかったディックの世話をしてくれた。父親はそのずっと前にすでに亡くなっていた。兄の名前はベンで、ディックが新聞を売ったり、ちょっとした使い走りをして稼げるようになるまで、できる限りの面倒を見てくれた。二人で暮らしはじめて、ディックが少し大きくなったときには、ベンは商店にちゃんとした働き口を見つけ、どうにかやっていけるようになった。

「そうしたらさ」とディックは憤慨した口調になった。「兄貴のやつ、結婚なんてしやがったんだ！　すっかり頭に血が上っちまって、分別なんかどっかに消えちまった！　その女と所帯を持って、裏通りに面した二部屋でみんなで暮らしてたんだけどさ、そのミナっていう女がとんでもねえやつで、ヤマネコそっくりだったんだ。腹を立てると、そこらじゅうのものをビリビリに引き裂いちまう。しかも、ひっきりなしに癇癪《かんしゃく》を起こしてた。赤ん坊もそいつにそっくりで、一日じゅうギャーギャー泣きわめいてたよ。おまけに、おいらがそいつの面倒を押っつけられてさ、赤ん坊が泣きだすと、ミナはおいらに手当たり次第にものを投げつけるんだ。あるときなんざ、皿を投げつけて、それが赤ん坊に当たって顎《あご》が切れちまってね。医者に死ぬまで傷痕《きずあと》は消えないだろうって言われたよ。まったく、てえした母親だよ！　いかれてたね！　ま、それも長く続かなかったけどな、ベンにとっても、おいらにとっても、ちびにとっても。ベンの稼ぎが悪いってミナがガミガミ怒るもんだから、とうとう兄貴はダチといっしょに牧場を始めるって西部に行っちまった。でもって、それから一週間もたたねえうちに、新聞を売って家に帰ってきてみたら、部屋に鍵《かぎ》がかかっていて誰もいなくなっちまってたんだ。大家のおばさんがミナは出ていったって教えてくれた。とんずらしちまったのさ。人の噂だと、赤ん坊のいるご婦人に雇われて乳母になるために海を渡ったってことだけど、それっきり音信不通さ——ベンの方にもな。おいらがベンなら、やれやれ助かった、てなもんだ――実際、そうだったみたいだけどさ。まあ、最初の頃はべた惚《ぼ》れでね、兄貴はめろめろになっちまってた。たしかにちゃんと着飾って癇癪を起こしてないときは、見栄えのする女だったからな。大きな黒い目をしていて、長い黒髪は膝《ひざ》ぐらいまであってさ、編んで腕ぐらいの太さになった髪を頭にぐるぐる巻き付けてた。怒るとその目がぎらっと光ってね。イタリア人の血が入っているってよく言われてたな。母親か父親がイタリア人だとか。だから変わってるんだって。たしかにそうだったんだろうよ――ぶっ飛んだ女だったからな」

ディックはホッブズさんにミナと兄のベンの話をよくした。兄は西部に行ったあとで一、二度手紙を寄越したが、ツキに恵まれず、あちこちを渡り歩いていたが、ディックがホッブズさんと知り合った頃に、ようやくカリフォルニアの牧場に落ち着き、そこで働きはじめたところだった。

「あの女のせいだよ」ある日ディックはぼやいた。「兄貴はあの女のせいで骨抜きにされちまったんだ。ときどき兄貴が気の毒でたまらなくなるよ」

二人は店の戸口にいっしょにすわり、ホッブズさんはパイプに煙草を詰めていた。

「結婚なんかしなきゃよかったんだ」ホッブズさんは重々しく言うとマッチをとろうと立ち上がった。「女なんて――何の役に立つっていうんだ?」

箱からマッチを取り出すと、はっと手を止めて、カウンターを見た。

「なんと、手紙が届いているぞ！　知らなかった。おれが気づかないうちに郵便配達が置いていったにちがいない。それとも新聞がかぶさって見えなかったのかもな」

　ホッブズさんは手紙を取り上げ、慎重に見た。

「あの子からだ！」彼は叫んだ。「まさにあの子からだよ！」

　パイプのことはすっかり忘れ、興奮しながら椅子のところに戻ってきて、折りたたみナイフで封を切った。

「今度はどんな知らせが書いてあるかな」

　そして便箋《びんせん》を開くと、読みはじめた。以下のような手紙だった。

　　　ドリンコート城にて

　しんあいなるホッブズさんへ

　おおいそぎでこれをかいてます。すごくへんなことがあったのでしらせたかったから。おじさんわしんゆうだしきっとびっくりするとおもいます。みんなまちがいで、ぼくわあととりじゃなくて、はくしゃくにならなくてもよくなったんです。ベヴィスおじさんとけっこんしたおんなのひとがいて、おとこのこがいるので、そのこがフォントルロイきょうになるんです。イギリスでわみんなしんだら、はくしゃくのちょうなんのむすこがはくしゃくになるからです。おとうさまもおじいさまもしんでしまったらってことだけど、おじいさまわいきています。でもベヴィスおじさんわしんでいるので、そのこがフォントルロイきょうでぼくわちがいます。おとうさまわいちばんしたのむすこだからです。ぼくのなまえわニューヨークにいたときとおなじセドリック・エロルのままで、なにもかもそのこのものになるから、さいしょわポニーやばしゃもそのこにあげるのかとおもったけど、おじいさまがそのひつようわないといいました。おじいさまわとてもかなしんでいて、そのおんなのひとがすきじゃないみたいです。たぶんぼくやおかあさまがはくしゃくになれなくてかなしんでいると、おじいさまわおもっているんでしょう。さいしょわそうでもなかったけど、いまわはくしゃくになりたいとおもっています。だっておしろわとてもきれいだし、みんなのことがだいすきだし、おかねもちだといろいろなことができるからです。いまわもうおかねもちじゃありません。おとうさまわさんばんめのむすこで、おかねもちじゃなかったからです。これからはたらいておかあさまのめんどうをみなくてわならないので、ウィルキンズにうまのせわのことをおしえてもらって、きゅうしゃのかかりか、ぎょしゃになるかもしれません。そのおんなのひとわおとこのこをおしろにつれてきたので、おじいさまとハヴィシャムさんわおんなのひととはなしをしました。おんなのひとわおこってとてもおおごえをだして、おじいさまもすごくおこっていました。あんなにおこったおじいさまわみたことがありません。みんなあんまりおこらないといいなあとおもってます。おじさんとディックわきょうみがあるとおもうので、すぐにしらせました。とりあえずいまわこれだけにします。あいをこめて。

あなたのふるいともだち

セドリック・エロル（もうフォントルロイでわない）

ホッブズさんは椅子に寄りかかった。手紙が膝に落ち、折りたたみナイフも封筒も床に滑り落ちた。

「なんと」ようやく声を発した。「いやあ、おったまげたもんだ！」

あまり驚いたものだから、いつものせりふとはちがっていた。ふだんは「いやあ、おったまげた！」と言うのに、「いやあ、おったまげたもんだ！」と言ったのだ。おそらく、心から驚いてしまったのだろう。本当のところはわからないが。

「ってことは、何もかもだいなしになったのかい？」ディックが言った。

「だいなしだと！　おれに言わせりゃ、あの子がアメリカ人だからって、その権利を奪おうとして、イギリス人貴族どもが企《たくら》んだにちがいないね。独立戦争からずっと仕返しを狙ってきたもんだから、あの子に八つ当たりしたんだろ。あの子の身が危ないって言ってただろ。ほら、みたことか！　たぶん政府もみんなぐるになって、あの子の正当な財産を奪おうって魂胆なんだ」ホッブズさんは怒りをぶちまけた。若い友人の境遇が変わることに当初は賛成ではなかったが、最近は気持ちの整理をつけ、セドリックの手紙を受けとってからは、若い友人の贅沢《ぜいたく》な暮らしぶりをひそかに誇りに思っていたのだ。伯爵というものにはあまり好感を持てなかったが、アメリカでもお金はありがたいものだとみなされているんだし、称号に富と威光が付きものなら、それを失うのはつらいにちがいない。

「あの子から何もかも奪おうとしているんだ」ホッブズさんは言った。「それがやつらのやり口なんだ。だいたい、金を持っている親戚たちがあの子の面倒を見るべきだろうに」

そしてホッブズさんとディックは夜遅くまでその問題について話し合い、ディックが帰るとき、ホッブズさんは通りの角まで送っていった。その帰り道、ホッブズさんはあの空き家の前にしばらくたたずみ、荒れ狂う気持ちを鎮めようとしてさかんにパイプをふかしながら、「貸家」という看板を見つめていた。

12　二人の小公子フォントルロイ

お城でのディナーパーティーの数日後には、少なくとも新聞を読んでいるイギリスじゅうの人々がドリンコート家で起きた物語のようなできごとを知っていた。詳細が報道されると、人々の興味はますますかきたてられた。まず、フォントルロイ卿《きょう》になるためにアメリカ人少年がイギリスに連れてこられた。その子はとても上品できれいな子供だと評判で、すでにみんなに愛されている。祖父の老伯爵は跡継ぎを大変誇りに思っている。かたや美しい若い母親はエロル大尉と結婚したことで、まだ許してもらえずにいる。そんなときに亡くなったフォントルロイ卿、ベヴィスの謎めいた結婚の話が飛びだす。誰も知らなかった謎の妻がいきなり息子を連れて登場し、この子こそ本物の小公子フォントルロイで、すべての権利を持っていると主張する。こうしたことがさんざん話題にされ、あちこちで書き立てられ、大変な騒ぎになった。さらにドリンコート伯爵は事の成り行きに不満で、法律を楯《たて》にとって権利問題と戦うつもりでいるから、おもしろい裁判が期待できそうだという噂も流れてきた。

アールズボロ村一帯で、これほどわくわくする事件が起きたのは初めてだった。市場が立つ日は、人々が集まり、これからどうなるだろうと話し合い、予想し合った。農場のおかみさんたちはお茶に呼んだり呼ばれたりしながら、こんなことを聞いたとか、考えたとか、さらには誰それさんはこう考えているようだとか、ありとあらゆることをしゃべり合った。伯爵が怒りを爆発させたことや、絶対に新しいフォントルロイを認めまいとしていること、さらには母親だという女性を憎んでいることに関しては、おもしろい逸話が次から次に交換された。しかし、もちろん、いちばんたくさんの情報を仕入れているのはディブル夫人で、これまで以上に店には客が詰めかけてきた。

「どうもねえ、見通しはよくないみたいだよ」ディブル夫人は言った。「あえて言わせてもらうけどね、これは罰が当たったんだよ。あんなやさしい女性を子供と引き離す真似をするから。伯爵さまはフォントルロイさまのことがかわいくてかわいくて、目の中に入れても痛くないってありさまで、自慢でならなかったから、こんなことが起きて、そりゃもうご立腹なんだって。それに、この新しく現れたご婦人ってのが、フォントルロイさまのお母さまみたいに上品な方じゃないんだよ。図太い顔つきの黒い目の女でね。トーマスさんはまっとうな男だったら、制服を着てあんな女にこき使われるのはまっぴらごめんだろうって言ってるよ。あの女がお城に乗りこんで来るなら、辞めてやるって。それにその男の子だって、最初のフォントルロイさまとは比べものにならないそうだよ。いったいこれからどうなるのか、どういう決着がつくのか、まったくわからない状況みたいだねえ。ジェーンから初めてその話を聞いたときは、あたしゃ、あやうくひっくり返るところだったよ」

実際、お城ではあらゆる場所が上を下への大騒ぎとなっていた。書斎では伯爵とハヴィシャム氏がずっと相談していた。使用人部屋ではトーマスと執事と他の使用人たちが一日じゅう噂を交換し、やかましくしゃべり合った。厩舎《きゅうしゃ》ではウィルキンズがふさぎこみながら仕事をこなし、栗色のポニーの毛並みをいつも以上に美しく整えてやりながら、御者に向かって悲しげにぼやいた。「あんなに初めっから怖がりもせず上手に馬を乗りこなす坊ちゃまは珍しいわなあ。あの子といっしょだと、後ろから走っていても楽しかったよ」

しかし、この混乱状態の中で、一人の人間だけは落ち着き払い、動揺している様子もなかった。それは小公子フォントルロイにはなれないと言われたセドリック本人だった。最初に状況を説明されたとき、たしかにセドリックはいささか不安になり、困惑もしたが、それは跡継ぎになるという展望がくじかれたせいではなかった。

伯爵から何が起きたかを聞いたとき、セドリックは片膝《かたひざ》を抱えてスツールにすわっていた。興味深い話を聞くときはよくそういう姿勢をとるのだ。そして話が終わったとき、その顔は真剣そのものだった。

「なんだか変な気がします。とっても奇妙な感じだ」

伯爵は少年を無言で見つめた。伯爵も奇妙な感じがしていた——これまで一度も感じたことのないほどおかしな感じだった。しかも、いつも幸せそうな小さな顔に悩んでいるような表情が浮かんでいるのを見ると、いっそう妙な気分に胸がしめつけられた。

「その人たちはお母さまから家を取り上げてしまうんですか？　それと馬車も？」震えがちの心配そうな声でたずねた。

「まさか！」伯爵はきっぱりと否定した——とても大きな声だった。「何ひとつ取り上げたりはさせんよ」

「ああ」セドリックは見るからに安堵《あんど》したようだった。「よかった」

それから祖父を見上げた。そのとても大きく傷つきやすい目は悲しげだった。

「そのもう一人の男の子が」セドリックはおののくような口調でたずねた。「今度はその子が、ぼくみたいにおじいさまのいちばんの孫になるんですね？」

「ちがう！」伯爵の口調があまりにも激しかったので、セドリックは飛び上がったほどだ。

「そうじゃないの？」セドリックはとまどったように叫んだ。「本当に？　てっきり——」

セドリックはいきなりスツールから立ち上がった。

「伯爵にならなくても、おじいさまの孫でいていいんですね？　これまでみたいに、おじいさまの孫でいられるんですね？」喜びのあまり、その小さな顔は赤く紅潮していた。

セドリックの様子を、老伯爵がそれこそ穴の開くほどまじまじと見つめたまなざしときたら！　もじゃもじゃの太い眉《まゆ》がぎゅっと寄せられ、その眉の下で落ちくぼんだ目がとても奇妙に光った――伯爵の胸の内にはどんな思いが去来していたのだろう！

「おまえはわしのいちばんの孫だ！」信じられないかもしれないが、その声も妙だった。震え、少しかすれ、しわがれていて、ふだんの伯爵の声とはまるきりちがっていた。しかし、さっき以上にその口調は断固として有無を言わせぬ響きがあった。「そうだ、おまえはわしが生きている限り、わしのいちばんの孫だ。そもそも、これまで大切に思った子供はおまえだけだという気がするほどだ」

セドリックは髪の根元まで真っ赤になった。安堵と喜びで赤くなったのだ。両手をポケットに深く突っ込むと、祖父である伯爵の目をまっすぐ見つめた。

「そうなんですね？　だったら、ぼく、伯爵のことなんてどうでもいいです。伯爵になれてもなれなくても気にしません。ぼく、思ったんです、伯爵になる子がおじいさまのいちばんの孫になるから、ぼくはもういちばんの孫になれないんだって。それで、とっても変な気持ちになっちゃったんです」

伯爵は片手をセドリックの肩に置き、引き寄せた。

「おまえからは何一つ奪わせんよ、わしが守る」伯爵は大きく息を吸いこんだ。「やつらはおまえからは何も奪えるわけがない、わしはまだそう信じている。おまえは伯爵になるために生まれたのだから——ああ、まだそうなる望みは残っている。だが、どういう結果になろうと、わしに与えられるものはすべておまえに与えよう——すべてな！」

子供に話しかけているようには思えなかった。その顔にも声にも強い決意がみなぎっていた。あたかも自分自身に誓っているかのようだった。おそらくそうだったのだろう。

伯爵はこの少年への愛情と誇りが、どれほど深く自分の心に根を張っているか、これまで気づいていなかったのだ。この子の強さや善良な資質や美しさが、今ほどはっきりと見えたことはなかった。頑固な伯爵にとって、これほど愛着を覚えているものを手放すことなどありえなかった——とんでもない話だ。だから、とことん戦わずしてあきらめることは絶対にするまい、と決心したのだった。

フォントルロイの母だと名乗った女は、ハヴィシャム氏に会ってから数日後に子供を連れてドリンコート城にやって来た。女は追い返された。伯爵はお会いしません、と玄関で従僕に告げられたのだ。この件はすべて弁護士が対応しますと。それを伝えたのはトーマスで、その後、使用人部屋に戻ると、その女について歯に衣《きぬ》を着せずに意見を述べた。「おれは高貴なお屋敷で長いことお仕えしてるからな、ひと目見れば貴婦人かどうかわかるよ。あれが貴婦人なら、おれには女を見る目がないってことだ」

「ところがロッジにいるお方は」とトーマスはいばってつけ加えた。「アメリカ人だろうが何だろうが、まさに貴婦人だよ。紳士ならすぐわかるぜ。そのことは最初にあそこに行ったときにヘンリーに言ったけどな」

女は馬車で帰っていった。整っているが品のないその顔には怯《おび》えと怒りがないまぜになっていた。ハヴィシャム氏は何度か女と話をして、猛烈な癇癪《かんしゃく》持ちで粗野で傲慢《ごうまん》な態度をとっているものの、本人が思っているほど頭は切れないし大胆でもないと見抜いていた。自分から飛びこんだくせに、この状況が手に負えなくなって困惑しているように見えることもあった。これほどの抵抗に遭うとは予期していなかったようだ。

「あの女はまちがいなく貧困層の出身ですね」ハヴィシャム氏はエロル夫人に話した。

「教養もないし、いかなる分野の訓練も受けてなく、我々のような人間と対等に話し合うことにもまったく慣れていません。どうしたらいいのか途方に暮れているようですよ。城を訪ねてきて、すっかり怖《お》じ気づいたのですな。怒りは爆発させたが、怯えている。伯爵はお会いになりたがらなかったが、女が泊まっているドリンコート・アームズまでいっしょに参りましょうと、わたしから提案させていただきました。伯爵が部屋に入ってくるのを見ると、女は蒼白《そうはく》になった。でも怒り狂って、脅しやら要求やらを一気にまくしたてたのです」

伯爵は部屋にずかずか入っていくと、貴族ならではの威厳たっぷりの堂々たる姿で立ちはだかった。もじゃもじゃの眉の下から女に視線をすえたまま、ひとことも発さず、ただ、相手がおぞましい珍しい生き物でもあるかのように、頭のてっぺんから足の先までじろじろ観察していた。女に好きなだけしゃべらせ、要求を出させ、とうとうしゃべり疲れたと見るや、無言を貫いていた伯爵はおもむろに口を開いた。

「おまえはいちばん上の息子の妻だと主張している。それが真実で、おまえが提出する証拠にこちらが太刀打ちできなければ、法律はおまえの味方だ。その場合、おまえの息子がフォントルロイ卿《きょう》となる。その件については徹底的に調べられるだろうから、安心しろ。おまえの主張が証明されれば、それなりの生活は送れるだろう。ただし、わしが生きている限り、おまえにもおまえの子供にも会うつもりはない。わしの死後、残念ながら城はおまえたちのものになる。おまえは息子のベヴィスがいかにも選びそうな人間だな」

そして女に背中を向けると、入ってきたときと同じように堂々たる足取りで部屋を出ていった。

それから何日もたたず、エロル夫人が小さな居間で手紙を書いていると、来客だと告げられた。それを伝えてきたメイドはいささかあわてている様子だった。驚きで目がまん丸になっている。若くて経験の浅いメイドは女主人を心配と同情のこもった目で見た。

「伯爵さまなのです、奥さま！」震え声でうやうやしく告げた。

エロル夫人が客間に入っていくと、とても背の高い威厳のある風貌《ふうぼう》の老人が虎の敷物の上に立っていた。ハンサムないかめしい老いた顔は鷲《わし》を思わせ、白く長い口髭《くちひげ》を生やし、頑固そうな表情を浮かべていた。

「エロル夫人ですな？」伯爵は言った。

「はい、そうでございます」

「わしはドリンコート伯爵だ」

伯爵は言葉を切ると、こちらを見上げている目を無意識にのぞきこんだ。この数カ月というもの、毎日のように頻繁に伯爵を見上げている、あの大きな愛情のこもった無邪気な目とそっくりだったので、これまで感じたことのないような気持ちがこみあげてきた。

「あの子はおまえにそっくりだ」唐突に言った。

「よくそう言われます、伯爵さま」エロル夫人は答えた。「でも、父親にもよく似ているようでうれしく感じております」

　レディ・ロリデイルが言ったように、その声はとても愛らしく、態度はごく控え目で品位があった。伯爵の突然の訪問を迷惑に思っている様子はまったくうかがわれなかった。

「そうだな。たしかに、わしの息子にも似ている」片手を持ち上げ、大きな白い口髭を乱暴に引っ張った。「わしがどうしてここに来たのかわかるかね？」

「ハヴィシャムさんとお会いしました」エロル夫人は口を開いた。「新たに申し立てがおこなわれたとうかがいましたが――」

「おまえに言っておきたかったのだ。やつらについては徹底的に調査させ、裁判を起こせるなら法廷で争うつもりだ。ありったけの法の力であの子を守るつもりでいる、と伝えに来たんだ。あの子の権利は――」

　やわらかな声がさえぎった。

「たとえ法が与えてくださっても、本来あの子のものでないものは何ひとついただくべきではないと存じます」エロル夫人は言った。

「あいにく、法律はいかんともできんのだ。可能であれば、どうにかしたいのだが。あのけしからん女と子供は――」

「おそらく、わたしがセドリックを愛していますように、その方もお子さんを愛していらっしゃるのですわ」エロル夫人はやさしく言った。「それにその女性がご長男の奥さまでしたら、その方の息子さんがフォントルロイ卿で、わたしの息子はそうではなくなるのです」

　セドリックもそうだったが、エロル夫人もまったく伯爵を恐れていなかった。そして、セドリックと同じようなまなざしで伯爵のことを見つめた。ずっと暴君として好き勝手をしてきた伯爵はひそかにそのことを喜んだ。人はめったに自分の意見に異を唱えたりしないので、こういうやりとりは目新しくおもしろかった。

「もしかしたら」と伯爵はかすかに眉《まゆ》をひそめた。「おまえは息子がドリンコート伯爵にならない方がうれしいのかね？」

　美しい若い顔がさっと赤らんだ。

「ドリンコート伯爵になるのはとてもすばらしいことですわ、伯爵さま」エロル夫人は言った。「それはよく承知しておりますが、あの子には何よりも父親と同じようになってほしいのです――常に勇敢で正義感のある誠実な人間に」

「つまり、あの子の祖父とは正反対の人間になってほしいということかな？」伯爵は皮肉っぽく言った。

「伯爵さまとはこれまでお知り合いになる機会がございませんでしたので」エロル夫人は答えた。「でも、息子のことはわかっております」ちょっと言葉を切り、穏やかに伯爵の顔を見つめながら、こう続けた。「セドリックがおじいさまを愛していることはよく存じています」

「おまえを城に迎えなかった理由を話したら、あの子はわしを愛してくれただろうか？」

「いいえ、それは無理かと。ですからあの子には知られたくなかったのでございます」

「そうか」伯爵は淡々と言った。「そういうふうにできる女はめったにいないだろう」

ふいに、伯爵はさらに口髭を乱暴に引っ張りながら部屋を行ったり来たりしはじめた。

「たしかに、あの子はわしを好いてくれている。それにわしもあの子を愛している。これまで誰かを愛したことなど一度もなかったのだが、あの子はかわいい。あの子に最初に会ったときから、わしはうれしくてたまらなかった。年老いてきて人生に疲れていたが、あの子はわしに生きがいを与えてくれたんだ。あの子がいつか跡を継いでドリンコート家の当主になると思うと、誇らしく、このうえなく満ち足りた思いでおった」

戻ってくると、エロル夫人の前に立った。

「わしはみじめだ。みじめでたまらん！」

たしかに憔悴《しょうすい》しているように見えた。あの誇り高い伯爵の声はかすれ、手まで震えている。一瞬、落ちくぼんだ険しい目に涙が浮かんだようにすら見えた。「だから、おまえのところに来たのだろう」伯爵はにらみつけるような視線をエロル夫人に向けた。「ずっとおまえを憎んでいた。ねたんでもいた。だが、このおぞましい恥知らずな事件が起きて、その気持ちが変わった。ベヴィスの妻だと名乗る、いまいましい女に会ったあとで、おまえの顔を見たらほっとするだろうと感じたのだ。わしは頑固で愚かな老いぼれで、おまえのことを不当に扱ってきた。おまえはあの子にそっくりだし、わしの人生でいちばん大切なのはあの子だ。つらい気持ちになって、ここに来たのは、おまえがあの子にそっくりで、あの子がおまえを愛していて、わしもあの子を愛しているからだ。あの子に免じて、どうか大目に見てほしい」

しゃがれた声でほとんどぶっきらぼうにそれだけ伝えたが、ひどくうちひしがれた様子だったので、エロル夫人は心を動かされた。彼女は立ち上がると、肘掛《ひじか》け椅子を少し前へ押しやった。

「おかけになってはいかがですか」やさしく愛らしい同情のこもった声だった。「とても大変なことが起きて、さぞお疲れでしょう。全力を傾けて戦っていらっしゃるのですから」

反論されることもそうだったが、思いやりのこもった飾り気のない言葉でいたわられるのは、伯爵にとって初めての経験だった。「あの子」のことがまたも頭をよぎり、勧められるままに椅子にすわった。おそらく失望を味わい、みじめだと感じたことは、伯爵にとっていい薬になったのだ。ここまで落胆し打ちのめされなかったら、エロル夫人を憎み続けていたかもしれない。だが、今は心を慰めてくれる存在に思えた。新しいフォントルロイの母親と比べたら、どんなものでも心地よく感じられたのかもしれないが、この女性は顔立ちも声もとても魅力的で、話し方や身のこなしが愛らしく上品だった。まもなく、こうしたものがいつのまにか魔法のような効果を及ぼして、伯爵は気分がほぐれていくのを感じ、さらに話を続けた。

「何が起ころうとも、あの子には必要なものを与えるつもりだ。現在も、今後も、あの子のことは責任を持って面倒を見ていく」

帰る前に、部屋をぐるっと見回した。

「この家は気に入ったか？」伯爵はたずねた。

「はい、とても」

「ここは気持ちのいい部屋だな。またこちらに来て、この問題について相談してもいいだろうか？」

「お好きなときにいつでもいらしてください、伯爵さま」エロル夫人は答えた。

そして伯爵は馬車に乗って立ち去った。御者台にすわったトーマスとヘンリーは事の成り行きに驚きあきれるばかりだった。

13　ディック、助けに向かう

小公子フォントルロイにまつわる話とドリンコート伯爵の苦悩がイギリスの新聞をにぎわせるようになるや、当然、アメリカの新聞にも記事が載るようになった。その話題は非常に興味深いものだったので関心を集め、あちこちで記事にとりあげられた。書き方は実にさまざまだったから、すべての新聞を買って読み比べてみたら、とても啓発されただろう。ホッブズさんはあまりたくさんの記事を読んだせいで、すっかり頭がこんがらがってしまった。ある新聞では、若い友人のセドリックのことが抱っこできるような乳児として描かれていた。別の新聞では、オックスフォード大学に通う青年で、ありとあらゆる優等賞に輝き、ギリシャ語の詩を書いて有名になったと書かれていた。公爵の娘の大変な美人と婚約している、と書いた新聞もあった。結婚したばかりだという記事もあった。実を言うと、どの記事でも、セドリックが七歳から八歳の男の子で、たくましい脚と巻毛の持ち主であるとは書かれていなかった。ある新聞にいたっては、ドリンコート伯爵とはまったく血がつながっていないペテン師で、アメリカに伯爵の跡継ぎを捜しにやって来た一族の弁護士に母親がうまくとりいるまでは、新聞を売りながらニューヨークの路上で寝起きしていた、と書かれていた。やがて、新しい小公子フォントルロイと母親の記事が載りはじめた。ある記事では母親は旅芸人で、別の記事では女優、はたまた美しいスペイン女性だというものもあった。しかし、すべてに共通していたのは、ドリンコート伯爵はその母親を敵視していて、どうしても女の息子を跡継ぎだと認めようとしない、ということだった。さらに女が提出した証拠書類にはわずかな瑕疵《かし》があるらしい、そうなると長い裁判になりそうで、これまで法廷で争われたどんな事件よりも世間の注目を浴びるだろう、と読者の関心を煽《あお》っていた。ホッブズさんは頭がくらくらするまでたくさんの新聞を読むのが日課になり、夜はディックとそれについて話し合った。二人はドリンコート伯爵がどんなに大物か、どれほど広大な地所を所有していて莫大《ばくだい》な収入があるか、住んでいる城がどんなに豪壮で美しいか、といったことを残らず知った。知れば知るほど、二人は気持ちを高ぶらせた。

「何か手を打たなくちゃならんな」ホッブズさんは言った。「せっかく手に入れたものは手放しちゃならん——伯爵だろうとなかろうと」

しかし、二人にできそうなことは何もなかったので、せめてそれぞれがセドリックに手紙を書き、友達としてとても心配していることを知らせようと決めた。二人はセドリックの手紙を受けとると、できるだけ早く返事を書き、書き終えると、お互いの手紙に目を通した。

ホッブズさんが読んだディックの手紙は以下のとおりだった。

しんあいなるゆうじんへ

おいらはてがみをうけとったし、ホッブズさんもだ。ひでえことがおきちまってきのどくだよ。けど、いったんてにいれたものはぜってえわたすなよ。だれかにだしぬかれるな。どろぼうどもがたくさんいるから、みはってねえと、みぐるみはがされちまうぜ。でもこのてがみでおいらがいいたいのはな、おまえにしてもらったことはわすれてねえってことなんだ。どうしてもうまくいかねえようなら、こっちにもどってこいよ。おいらといっしょにやろうぜ。どんなでっかいやつがおまえをおいかけてきても、このディック・ティプトン先生がただじゃすまさないぜ。じゃあ、またな。

ディック

そして、こちらがディックの読んだホッブズさんの手紙だった。

拝啓

手紙は拝受した。状況はかんばしくないようだね。すべてはでっちあげにちがいない。そういうやつらには目を光らせておいた方がいい。ふたつ言っておきたいことがある。まず、おれもこの事件を調べるつもりだってこと。だから、ここだけの話、おれも弁護士に相談して、できるだけのことをするつもりでいる。もうひとつは、最悪の事態になって手に負えなくなっても、おれは坊やが大きくなったときに食料品店の共同経営者にするつもりでいるってことだ。こっちには住む家もあるし、友人もいるってことを忘れないでほしい。

敬具　サイラス・ホッブズ

「うん、伯爵になれなくても、おれたちがついてるから暮らしていけそうだな」ホッブズさんは言った。

「そうともさ」ディックは言った。「おいらはあの子の味方だよ。あのちびさんのこと、そりゃもう気に入っているからな」

まさにその翌朝、ディックのお客の一人はびっくりするようなできごとに遭遇した。お客は若い弁護士で事務所を開いたばかりだった。新米弁護士はたいていそうだが、彼もお金はなかったが、明るく元気で頭の回転が速く、気のいい青年だった。ディックの店のそばにみすぼらしい事務所をかまえていたので、毎朝、ディックに靴を磨いてもらった。その靴ときたら、しじゅう水が浸みこんで濡《ぬ》れていたが、青年はいつも親しげにディックと言葉を交わし、冗談を飛ばした。

その朝、片足を靴磨き台にのせたとき、青年は片手に絵入り新聞を持っていた。話題の人々やできごとの写真を掲載した娯楽新聞だ。ちょうど読み終えたところだったので、靴を磨いてもらうと、それをディックに差しだした。

「この新聞、やるよ、ディック。〈デルモニコ〉で朝食をとるときに読んでみるといい。イギリスの城の写真も載ってるし、イギリスの伯爵の息子の嫁ってのも載ってる。なかなかの美人だよ――髪がずいぶん豊かだなあ――いかにも騒ぎを起こしそうなタイプに見えるけどね。きみも貴族や地主階級のことを勉強しておくといいよ、ディック。手始めに、このドリンコート伯爵の正統の跡継ぎとその母親のこととか。おい！　どうかしたのかい？」

弁護士が言っていた写真は一面に載っていて、ディックは目をまん丸にし、口をポカンと開けてそれを見つめていた。はしっこそうな顔はショックのあまり蒼白《そうはく》になっている。

「どうしたんだい、ディック？」青年はたずねた。「なんでそんなに目をむいてるんだ？」

ディックの様子は何かとてつもないことが起きたかのようだった。ディックはこういうキャプションがついた写真を指さした。「申立人の母親（フォントルロイ卿《きょう》の母）」大きな目をして編んだ太い黒髪を頭に巻きつけたきれいな女の写真だった。

「あいつだ！」ディックは言った。「おいら、この女をよく知ってるんだ！」

青年は笑いだした。

「どこで知り合ったんだね、ディック？ ニューポートの広壮な別荘かな？ それとも、このあいだパリに遊びに行ったときかい？」

ディックはにやりと笑い返すことも忘れていた。ブラシなどの商売道具を集めてさっさと片付けはじめた。他にやることができたらしく、仕事はおしまいにする気のようだ。

「とにかく、おいらはこの女を知ってるんだ！ だから、今朝はもう店じまいだ」

そして、五分もしないうちにホッブズさんの店をめざして通りを走りだした。ホッブズさんはディックが新聞片手に店に飛びこんできたのをカウンター越しに見たとき、頭がどうかしたのかと疑ったほどだった。ずっと走り続けてきたのでディックは息を切らしていた。すっかり息があがってしまい、ろくに口もきけず、ただ新聞をカウンターに投げだした。

「おい！」ホッブズさんは叫んだ。「おい！ どうしたっていうんだ！」

「これを見てくんな！」ディックは息をあえがせながら言った。「写真のその女を見てくれ！　その女だ！　こいつは貴族なんかじゃねえ。とんでもねえ！」たっぷり軽《けい》蔑《べつ》をこめて叫んだ。「ふん、貴族の女房どころか。ミナじゃなかったら、おいらの首をやるよ。ミナなんだ！　おいらはどこにいたってあの女ならわかるさ、ベンもな。ベンに訊《き》いてくれ」

ホッブズさんは椅子にへたりこんだ。

「でっちあげだってわかってたよ」ホッブズさんは言った。「やっぱりな。やつら、あの子がアメリカ人だからって悪巧みをしやがったんだ！」

「そうだとも！」ディックは憤慨して叫んだ。「あの女の仕業っすよ、あいつが仕組んだんだ。いつだって何かしら悪巧みをしてたからな。それにさ、写真を見たとたん、どうしてピンときたかっつうと、おいらたちが読んだ新聞のひとつに、男の子について書いてあったんだ、顎《あご》に傷痕《きずあと》があるってね。この女とその傷、ふたつを足したんでさあ！　女の子供は貴族でもなんでもありゃしない！　ベンの子さ――ミナがおいらに向かって投げた皿が当たったそのチビっすよ」

ディック・ティプトンはもともと頭のいい子だったが、大都会の通りで生計を立てているうちに、さらに頭の回転が速くなっていた。目を大きく開いて観察し、機転をきかせることを身につけてきたので、大発見をして、もどかしいほどの興奮を感じているこの瞬間を実は楽しんでもいた。その朝セドリックが店をのぞくことができたら、おおいに興味をかきたてられただろう。たとえそこで話し合われ、練られている計画が、自分とは関係のない男の子の運命を決めるものであっても。

ホッブズさんは責任感に押しつぶされそうになっていて、かたやディックは生き生きして、元気いっぱいだった。さっそくベンに手紙を書き、写真を切り抜いてそれを同封した。ホッブズさんはセドリックと伯爵に手紙を書きはじめた。手紙を書いている最中に、ディックはいいことを思いついた。

「そうだ」ディックは言いだした。「この新聞をくれたのは弁護士なんだ。何をしたらいいのか、訊いてみましょうや。弁護士ってのは何でも知ってるものっすよね」

この提案とディックの有能さに、ホッブズさんは心から感銘を受けた。

「そうだとも。今こそ弁護士が必要だ」

そして店を代わりの者に任せると、外套《がいとう》を着て、ディックといっしょに出かけていった。こうして二人でハリソン氏の事務所で物語のような話をして聞かせると、青年弁護士はすっかり驚いてしまった。

ハリソン氏が新米の弁護士ではなくて、さらには進取の気性に富み、暇を持てあましているのでなかったら、二人の話にそれほど関心を示さなかっただろう。なにしろあまりにも荒唐無稽《こうとうむけい》で奇妙な話だったのだから。しかし、ハリソン氏はたまたま喉《のど》から手が出るほど仕事を求めていたし、ディックをよく知っていたし、幸いなことにディックはとても要領よく事情を説明をすることができた。

「それで」とホッブズさんが口を開いた。「一時間あたりの料金を教えてくださって、この件を調べてくださるなら、費用はおれがお支払いします――サイラス・ホッブズといって、ブランク・ストリートの角で野菜と高級食料品を商っておる者です」

「なるほど。この件がうまくいったら、大きなことになりそうですね。ぼくにとっても、フォントルロイ卿にとっても。ともあれ、調べてみても損はなさそうだ。その子供についてはいくつかうさんくさいところがありますね。何度か女は子供の年齢について矛盾したことを言ったので、疑惑が生じているようだ。最初に手紙を出すべきなのはディックのお兄さんとドリンコート伯爵家の弁護士です」

そして太陽が沈む前に、二通の手紙が書かれて、別々の場所に送られた――一通はニューヨーク港を出港する郵便船に載せられてイギリスへ向かい、もう一通はカリフォルニアに手紙と乗客を運ぶ列車に載せられた。そして最初の手紙は「T・ハヴィシャム先生」、二通目は「ベンジャミン・ティプトン」宛《あて》だった。

その晩、店を閉めてから、ホッブズさんとディックは奥の部屋にすわり、真夜中まであれこれと話し合ったのだった。

14 真実の発覚

この世の中、本当にあっという間に驚くようなことが起こるので、呆然《ぼうぜん》とせずにはいられない。ホッブズさんの店で高いスツールに腰をかけ、赤いタイツの脚をぶらぶらさせていた男の子の運命ががらりと変わるには、わずか数分しかかからなかったように思える。静かな通りで質素な暮らしをしていた男の子は、イギリスの貴族になり、伯爵の位と莫大《ばくだい》な資産の跡継ぎになった。その子がイギリスの貴族から一文なしのペテン師になりさがり、これまで享受していたすばらしいものに対する権利を一切失ったのも、ほんのまばたきをする間だったような気がする。さらに、やはり驚くべきことに、期待どおりにあらゆることが再びひっくり返り、その子が失いかけていたものをすべて取り戻すには、さほど時間はかからなかったのである。

あまり時間がかからずにすんだのは、フォントルロイの母親だと名乗った女が性悪ではあったが、たいして賢くなかったからだった。結婚と息子についてハヴィシャム氏に質問攻めにされると、ひとつ、ふたつ大きなへまをしでかし、それによって疑念が生じた。すると、女は平静ではいられなくなり癇癪《かんしゃく》を起こし、興奮して怒りをぶちまけるうちに、さらに本性をあらわにしてしまった。女が犯した失敗はすべて子供に関わることだった。女がフォントルロイ卿だったベヴィスと結婚し、けんかをして手切れ金をもらって別れたということについては確かなようだった。しかし、ハヴィシャム氏は男の子がロンドンで生まれたという話は嘘だと見抜いた。この発見のせいで大騒ぎをしている最中に、ニューヨークの若い弁護士からと、ホッブズさんから手紙が届いた。

二通の手紙が届いた夜はすばらしい晩になり、ハヴィシャム氏と伯爵は書斎で今後の計画を話し合った！

「三回、あの女に会ったあとで」とハヴィシャム氏は言った。「強い疑いを抱くようになりました。女が主張しているよりも子供は年上に見えたし、誕生日のことになったときに言いまちがえ、あわててごまかそうとしたのです。この二通の手紙の内容は、わたしのいくつかの疑念を裏付けてくれます。女には何も言わずに、ただちにこのティプトン兄弟に電報を打って呼び寄せ、女の意表をつき、いきなり兄弟と対面させるというのがいちばんいいやり方かと存じます。結局のところ、女はすぐれた策謀家とはとうてい思えません。すっかり怯《おび》えて我を忘れ、その場で尻尾《しっぽ》を出すでしょう」

そして、そのとおりのことが起きたのだった。女には何も言わず、ハヴィシャム氏は疑われないように相変わらず面談を続けながら、そちらの申し立てを調べているところだ、とはぐらかしていた。女はすっかり安心して、たちまち機嫌がよくなり、案の定、この上なく横柄な態度をとるようになった。

しかし、ある晴れた朝、女がドリンコート・アームズという宿屋の居間にすわって、今後のすばらしい生活を思い描いていると、ハヴィシャム氏が来たと知らされた。そして、部屋に入ってきたハヴィシャム氏は三人もの人間を連れていた――一人は賢そうな少年で、もう一人は大柄な青年、最後の一人はドリンコート伯爵だった。

女はさっと立ち上がり、まさに恐怖の悲鳴をあげた。抑えようと思うよりも早く声をあげてしまったのだ。この兄弟のことは何年も考えることすらなかったが、たとえ思い出すことがあっても、何千キロも遠く離れたところにいるとずっと考えていた。また会うとは夢にも思っていなかった。ディックは女の様子を見て、にやっと小さく笑った。

「やあ、ミナ！」ディックは言った。

大柄な青年はベンだったが、身じろぎもせずに立ったまま、ミナをしばらく見つめていた。

「この女性をご存じですか？」ハヴィシャム氏は女から青年に視線を移してたずねた。

「ええ」ベンは答えた。「おれはこの女を知ってますし、向こうもおれのことを知ってます」そう言うと、くるりと背中を向け、まるで女の姿を目にするのに耐えられない、と言わんばかりに窓辺に歩いていった。実際、そういう気持ちだったのだ。そして、窓の外に視線を向けた。女はドジを踏んで身元がばれたと気づくや、たがはずれてしまい、ベンとディックが過去にさんざん見てきたように、すさまじい怒りを爆発させた。女が二人に罵《ば》詈《り》雑言《ぞうごん》を浴びせ、乱暴な脅し文句を並べる様子を見て、ディックはまた小さな苦笑いを浮かべたが、ベンは振り返ろうともしなかった。

「どこの法廷であろうと、この女について証言しますよ」ベンはハヴィシャム氏に言った。「それに証言してくれる人間なら十人だって連れてこられる。この女の父親は落ちぶれてはいますが、まともな人間です。母親はこの女そっくりでしたよ。母親はすでに亡くなっているが、父親はまだ生きていて、娘のことをとても恥ずかしく思うでしょう。この女の身元は父親が証言してくれるし、おれと結婚したかどうかも話してくれますよ」

そしてベンは急に拳《こぶし》を握りしめて、女を振り返った。

「子供はどこだ？」ベンは追及した。「おれが連れて帰る！　おまえとはもうこれっきりだ、あの子もおれもな！」

そう言い終えたとき、寝室に通じるドアが少し開いて、おそらく大声を聞きつけたのだろう、子供が顔を出した。美しい子供ではなかったが、感じのいい顔立ちをしていて、ベンにそっくりだった。誰が見てもベンが父親であることは歴然としていた。

そして、顎《あご》には三角形の傷痕《きずあと》があった。

ベンは子供のところに歩いていき手をとった。その手は震えていた。

「そうとも、おれはこの子についても誓えます。トム、おれがお父さんだよ、おまえを連れに来たんだ。帽子はどこだい」

男の子は椅子の上を指さした。ここを出られると聞いて、あきらかに男の子は喜んでいた。奇妙なできごとにはすっかり慣れっこになっていたので、知らない人から父親だと言われても驚かなかった。だいたい赤ん坊の頃からずっと住んでいた場所に数カ月前に女がやって来て、いきなり母親だと名乗ったのだ。男の子はその女が大嫌いだったので、喜んでこの人についていくつもりだった。ベンは帽子をとりあげると、ドアに向かった。

「またご用があれば」とベンはハヴィシャム氏に言った。「いつでも連絡してください」

子供と手をつなぎ、女の方を振り返ろうともせずに、ベンは部屋を出ていった。女は怒りのあまり荒れ狂っていたが、伯爵は貴族的な鷲鼻《わしばな》にのせた眼鏡越しに、冷静そのものでその様子を観察していた。

「さてさて、ご婦人」ハヴィシャム氏が声をかけた。「そんなことをしてもむだですよ。刑務所に入りたくなければ、ちゃんと行儀よくした方がいいですぞ」

その感情のこもらない口調に、女はおそらくさっさと逃げ出した方が身のためだと感じたのだろう。どう猛な目つきでハヴィシャム氏を最後にひとにらみすると、隣の部屋に駆けこんでいきドアをバタンと閉めた。

「あの女も、これでもう面倒を起こすことはないでしょう」ハヴィシャム氏は言った。その言葉は当たっていた。というのも、まさにその夜、女はドリンコート・アームズを引き払ってロンドン行きの列車に乗り、その後、二度と姿を見せなかった。

この対決のあと部屋を出ると、伯爵はすぐに馬車に乗りこんだ。

「コート・ロッジへ」伯爵はトーマスに命じた。

「コート・ロッジだ」トーマスは御者台に上がりながら御者に告げた。「どうやら思いもよらないことが起きそうだぞ」

馬車がコート・ロッジで停まったとき、セドリックは母親といっしょに客間にいた。伯爵は取り次ぎも待たずに、ずんずん家に入っていった。いつもよりも二、三センチ背が高くなったように見え、何歳も若返ったように見えた。落ちくぼんだ目は輝いていた。

「フォントルロイはどこだ?」伯爵は言った。

エロル夫人が出てきた。頬が紅潮している。「フォントルロイですの? 本当に？」彼女はたずねた。伯爵は片手を差しのべ、エロル夫人の手を握りしめた。

「ああ、本当にそうだ」

そして、もう片方の手をセドリックの肩に置いた。

「フォントルロイ」伯爵は仰々しくはないが、威厳のこもった声で言った。「いつから城に来ていただけるか、母上にお訊《き》きしなさい」

セドリックは両手で母親の首にかじりついた。

「いっしょに暮らすんですね！」セドリックは叫んだ。「ぼくたちとずっといっしょなんですね！」

伯爵がエロル夫人を見ると、エロル夫人は伯爵を見つめ返した。伯爵はとても真剣なようだった。一刻の猶予もせず、この問題に片を付けようと決意したのだ。跡継ぎの母親と良好な関係になった方が、自分にとっても都合がいいと思うようになっていた。

「わたしがごいっしょで本当にかまいませんの？」エロル夫人はやさしく愛らしい笑みを浮かべながらたずねた。

「もちろんだ」伯爵はきびきびと答えた。「わたしもフォントルロイもずっとそう望んでいたのに、その気持ちときちんと向き合おうとしなかったんだ。来てもらえるとうれしい」

15　八歳の誕生日

ベンは息子を連れてカリフォルニアの牧場に戻っていったが、帰るときはとても恵まれた境遇を手に入れていた。帰国直前にハヴィシャム氏と会うと、ドリンコート伯爵はフォントルロイ卿《きょう》になれたかもしれない男の子のために何かしたいと考えていたが、牧場に投資するのがいちばんの良案だという結論に至った、と伝えられた。その牧場の経営はベンに任せ、とてもいい給与を支払う、ひいてはそれが息子の将来のための資金になるだろう、という計画だった。こうしてベンは牧場の雇われ経営者として、アメリカに帰っていったのだった。お金を貯めてじきに牧場を買い取れそうだったし、実際、数年後には自分のものになった。そして息子のトムは牧場でりっぱな青年に成長し、父親を心から愛していた。二人は仕事でもとても成功して幸せで、これまでさんざん苦労したが、すべてトムが埋め合わせてくれた、というのがベンの口癖になった。

しかし、ディックと、事件にきちんと決着がつくか確かめるために同行してきたホッブズさんはしばらくイギリスに滞在することにした。伯爵は最初からディックの生活の面倒を見て、きちんとした教育を受けさせようと考えていた。そしてホッブズさんの方は信頼できる人間に店を預けてきたので、小公子フォントルロイの八歳の誕生日を祝う会に出席できそうだった。借地人全員が招待されていて、庭園でごちそうが出され、ダンスやゲームがおこなわれる予定だった。夜にはかがり火がたかれ、花火が打ち上げられることになっていた。

「七月四日の独立記念日みたい！」セドリックは言った。「ぼくの誕生日が四日じゃなくて残念だな。そうしたらふたついっしょにお祝いできたのに」

イギリスの貴族階級のためにも、伯爵とホッブズさんは親しくなることを期待されたが、最初のうちはうまくいかなかった。伯爵は食料品店の経営者というものをほとんど知らなかったし、ホッブズさんの方も伯爵の親しい知り合いなどいなかったので、たまに会っても会話が弾まなかったのだ。それにセドリックが案内して見せてくれたさまざまなものが、あまりにも壮大で華やかだったので、圧倒されてしまったことも一因だった。

まず入り口の門と石のライオンと並木道に、ホッブズさんはいたく感心した。さらに城と花壇と温室とテラスとクジャクと地下牢《ろう》と鎧《よろい》と大階段と厩舎《きゅうしゃ》と制服を着た使用人たちを見せてもらったが、しまいには頭がぼうっとしてきた。先祖の肖像画がずらっと並ぶ陳列室を見たのが、とどめの一撃になった。

「こりゃ、博物館みたいなところかね？」広々とした美しい部屋に案内されると、ホッブズさんはセドリックにたずねた。

「うーん、ちがうよ！」少し自信なさそうにセドリックは答えた。「ここは博物館じゃないと思う。おじいさまは、これはぼくのご先祖さまたち《アンセスターズ》だって言ってる」

「おばさんの姉妹たち《アンッシスターズ》だと！」ホッブズさんは聞きちがえて叫んだ。「これ全部がか？　ずいぶん大家族だったんだな！　この全員を養ってたのか？」

そして、ホッブズさんは椅子にへたりこみ、度肝を抜かれた様子で部屋を見回していたが、壁に並んでいる肖像画のすべてが兄弟姉妹ではないと説明するのは大変に骨が折れた。

そこでメロン夫人の助けを借りることにした。夫人はすべての絵について知っていたし、誰がいつその絵を描いたかを説明できたし、絵のモデルになった紳士淑女たちのロマンチックな逸話までつけ加えることができた。いったん事情を理解し、そうした話を聞くと、ホッブズさんはすっかり夢中になり、どこよりも肖像画の部屋が好きになった。滞在している村のドリンコート・アームズから歩いてきては、三十分ぐらい部屋をぶらつき、描かれた紳士淑女を眺めて過ごすのが日課になった。その間じゅう、ほぼずっと首を振っていた。

「で、この全員が伯爵か、それに近い人たちだったんだな！」よくそう口にした。
「で、あの子もいずれこの連中の仲間入りをして、こうしたものは全部あの子のものになるのか！」

当初予想していたほど、ホッブズさんは伯爵のことや、その生活様式について反感を持たなくなってきたようだったし、筋金入りの共和主義ですら、城や先祖といったものを知ったことで、いささか揺らいでいるのではないかと思える節があった。ともあれ、ある日、彼は驚くほど意外な言葉を口にした。
「おれもこうした連中の仲間入りをしてもよかったな」これは実際とてつもなく大きな譲歩だった。

誕生日はとても盛大な一日となり、セドリックは心から楽しんだ！　庭園は美しく飾られ、一張羅を着こんだ大勢の人々であふれ、城のてっぺんやたくさんのテントからは旗が翻っていた！　来られる人間は全員が出席していた。みんなフォントルロイがフォントルロイのままでいられて、いつか領主になることを心から喜んでいたからだ。誰もがセドリックをひと目でも見たがり、すでにたくさんの村人たちと親しくなっている美しくやさしい母親と会いたがった。しかも、誰もが伯爵を前よりもずっと好きになっていた。それに、伯爵が少年にこれほど愛され、信頼されていることや、跡継ぎの母親とも親しくなり敬意を持って接していることで、以前よりも親しみを覚えるようになっていた。伯爵はエロル夫人に好意を持つようにすらなっていると評判で、小公子フォントルロイとその母親に囲まれていれば、いずれ伯爵も物わかりのいい老貴族になり、みんなが今よりも幸せで、暮らし向きもよくなるだろう、ともっぱらの噂だった。

木々の下やテントの中、芝生の上では驚くほど多くの人々がそぞろ歩いていた！日曜日の晴れ着を着た農夫たちと、ボンネットとショールでめかしこんだおかみさんたち。若い娘とその恋人たち。はしゃいで駆け回っている子供たち。赤いマントを着た老婦人たちは噂話に花を咲かせている。城には、お楽しみを見物し、伯爵にお祝いを述べ、エロル夫人に挨拶《あいさつ》しようと、紳士淑女が集まっていた。レディ・ロリデイルと夫のサー・ハリーも来ていたし、サー・トーマス・アッシュと娘たちもいた。もちろんハヴィシャム氏も。麗しのミス・ヴィヴィアン・ハーバートは美しい白のドレスにレースの日傘を差し、取り巻きの紳士たちに囲まれていた。ただし、彼女は紳士全員を合わせたよりも小公子フォントルロイがお気に入りのようだった。セドリックはミス・ハーバートを見つけると走り寄っていき、首にしがみついたので、彼女もセドリックを抱きしめ、まるでお気に入りの弟にするみたいにやさしくキスした。

「大好きなフォントルロイさま！　なんてかわいらしいこと！　本当によかったわね！　とてもうれしいわ！」

そして、そのあとセドリックはミス・ハーバートといっしょにそこらを歩き回り、いろいろなものを見せた。それからホッブズさんとディックのところにも案内して、こう紹介した。「こちらは昔からの友達のホッブズさんです、ミス・ハーバート。それから、こっちはやっぱり古い友達のディックです。あなたがどんなにきれいなのか二人に話したんです。で、あなたがぼくの誕生日にいらしたら、紹介する約束をしていたんです」ミス・ハーバートは二人と握手し、アメリカのことや船旅のこと、イギリスに来てからの生活についてあれこれ質問した。セドリックはわきに立ってうっとりとミス・ハーバートを見つめていた。ホッブズさんもディックも、すっかり彼女に魅了されたとわかり、セドリックはうれしさのあまり頬を紅潮させた。

「なあ」あとからディックは真面目な口調で言った。「あんなヒナギクみてえにきれいな人は見たことがねえよ！　いや、まさにヒナギクそのものだったな、まちげえねえ！」

ミス・ヴィヴィアンが通り過ぎると、誰もが振り返り、誰もが小公子フォントルロイに注目した。太陽は輝き、旗が翻り、人々はさまざまなゲームをしたり、ダンスをしたりして、陽気な笑い声が響くにぎやかな午後は楽しく過ぎていった。セドリックは喜びに顔を輝かせ、幸せに浸っていた。

セドリックには、この世界の何もかもが美しく感じられた。

他にもう一人、幸せな人がいた。高貴な生まれで、ずっと裕福だったが、心から幸せだとはほとんど思ったことがない老人。以前よりも幸せになったのは、多少ともいい人間になったおかげだと言えるかもしれない。もっとも、セドリックが信じているようないい人に、いきなり変わったわけではなかった。だが、誰かを愛することを知るようになり、やさしく無垢《むく》な心を持つ子供が提案した親切な計画を何度か実行し、それに喜びを見いだすようになった。それがすべての始まりだった。そして毎日、息子の妻のすばらしさをますます実感していた。世間が噂しているように、たしかに伯爵はエロル夫人に好意を抱くようになっている。彼女のやさしい声を聞き、美しい顔を目にすると喜びがこみあげてきた。肘《ひじ》掛《か》け椅子にすわっては、エロル夫人の姿を眺め、息子に話しかけている声に耳を澄ましていた。自分には縁のなかった愛情のこもったやさしい言葉を聞いているうちに、ニューヨークの裏町で暮らしていて、食料品店の男や靴磨きと仲良くしていた男の子が、どうしてこんなにやさしく、どこに出しても恥ずかしくないりっぱな人間に成長できたのかを悟った。おかげで運命のいたずらによってイギリスの伯爵家の跡取りになって、イギリスの城に住むことになっても恥をかくことはまったくなかったのだ。

結局のところ、単純なことだった——やさしく親切な心の持ち主のそばで暮らし、常に人に親切にし、人のことを思いやるようにと教えられてきたおかげなのだ。とてもささやかなこととかもしれないが、これがいちばん大切なことなのだ。セドリックは伯爵のことも城のことも、まったく知らなかった。豪壮なものや華美なものとも無縁だった。しかし、とても純真で愛情深かったから、いつもみんなに愛された。そういうふうに育つということは、すなわち王として生まれることに他ならない。

その日、老ドリンコート伯爵は、セドリックが庭園で人々の間を歩き回り、知り合いに話しかけ、誰かに挨拶されるとすぐに軽くお辞儀を返し、友人のディックとホッブズさんをもてなし、母親やミス・ハーバートのそばに立って話に耳を傾けている様子を眺め、満ち足りた思いを噛《か》みしめていた。その満足感は、豪華な昼食をとるためにいちばん大きいテントに出向いたときに最高潮に達した。テントには、ドリンコート伯爵領のおもな借地人たちがずらりと顔を揃えていた。

全員が乾杯した。過去の乾杯よりもはるかに熱のこもった声で伯爵の健康を祝して乾杯がおこなわれると、次に小公子フォントルロイの健康を祝して乾杯があげられた。この跡継ぎの人気に疑いを持っている者がいても、すぐさま考えを変えただろう。にぎやかな乾杯の声が響き、グラスとグラスが騒々しく合わされ、盛大な拍手が湧き起こったのだから！ ここに集った心の温かい人たちはセドリックのことを大好きになっていたので、お城から来ている貴婦人や紳士の前でも控え目にふるまおうとは思わなかった。どっと歓声があがり、一人、二人の母親らしい女性は母親と伯爵にはさまれて立っているセドリックにやさしいまなざしを向け、目を潤ませながら、「かわいいフォントルロイさまに神さまの祝福がありますように」と言った。

　セドリックは喜びで胸が一杯だった。笑顔でいくどもお辞儀をし、金髪の付け根まで顔を真っ赤にしていた。

「みんな、ぼくを好きだからなの？」母親にたずねた。「ねえ、そうなの、大好きな人？　ぼく、とてもうれしいよ！」すると伯爵が片手を子供の肩に置いて言った。

「フォントルロイ、みなさんのご親切にお礼を申し上げなさい」

　セドリックは祖父を見上げ、それから母親を見た。

「しなきゃだめ？」ちょっと恥ずかしそうにたずねると、母親は微笑み、ミス・ハーバートもにっこりして、二人そろってうなずいた。そこで、小さく一歩前に出ると、全員の視線がセドリックに注がれた。とても美しく無邪気な様子で、その顔には勇気と信頼がありありと浮かんでいた。精一杯声を張り上げると、子供らしい声がはっきりと力強く響き渡った。

「みなさん、本当にありがとうございます！」セドリックは言った。「ぼくの誕生日を楽しんでいただけたらうれしいです。ぼくもとても楽しんだからです。そして、いつか伯爵になるのがとてもうれしいです。最初は気が進まなかったんですが、今はぜひなりたいと思っています。だって、ここが大好きだからです。ここはとても美しいですしね。それに——ええと、ぼくが伯爵になったら、おじいさまと同じぐらいいい伯爵になるようにがんばるつもりです」

そして歓声と拍手の嵐の中で、ほっとため息をつきながらセドリックは後ろにさがると、片手を伯爵の手に滑りこませ、にこにこしながら祖父にもたれるようにして立った。

これでこの話は本当におしまいだ。ひとつだけ驚くべき知らせをつけ加えておかねばならない。ホッブズさんはすっかり貴族の生活に魅了され、若い友人を置いて帰るのが忍びなく、ニューヨークの通りの角の店を売り、イギリスのアールズボロ村に住むことにしたのだ。そこで店を開き、城の御用達《ごようたし》になったものだから、とても繁盛した。そしてホッブズさんと伯爵はとうとうあまり親しくはならなかったが、あのホッブズさんが伯爵以上に貴族的になり、毎朝宮廷通信を読み、上院の動向を追うようになった、と申し上げてもにわかに信じていただけないかもしれない！　そして十年ほど後に、教育を終え、カリフォルニアの兄を訪ねることになったディックが、この善良な食料品店主にアメリカに帰りたくないのか、とたずねると、彼は真剣に首を振った。

「あっちで暮らすつもりはないよ。あっちでは無理だ。あの子のそばにいて、見守ってやりたいんだ。向こうは若くて騒がしい連中にはいい国かもしれんが——いろいろ欠点もあるよ。だいたいご先祖さまたち《アンッシスターズ》がいないし、伯爵もおらんからな！」

訳者あとがき

一八八六年にアメリカで出版されたフランシス・ホジソン・バーネット著『小公子』をお届けする。角川文庫では一九八七年に『小公子セディ』（吉野壮児訳）というタイトルで出版されており、三十四年ぶりの新訳である。

そもそも『小公子』は一八九〇年（明治二十三年）から九二年にかけて、『女学雑誌』という婦人雑誌に連載されて、初めて日本に紹介された。翻訳者は若松《わかまつ》賤子《しずこ》氏で、このとき原題の「リトル・ロード・フォントルロイ（Little Lord Fauntleroy）」が若松氏によって「小公子」というすばらしい日本語に置き換えられ、それ以来、百三十年にわたって日本ではそのタイトルが定着し、親しまれてきた。

ここで少し原題のタイトルについて説明を加えておこう。そもそも「ロード（Lord）」とはイギリスの貴族（侯爵、伯爵、子爵、男爵）の敬称だ。さらに公爵と侯爵の子息、それに伯爵の跡取りの息子に対する敬称でもある。日本語では「卿《きょう》」と訳されている。セドリックは伯爵の跡継ぎなので、「ロード」の敬称がつき、本文中でも場面によって「フォントルロイ卿」と訳している。なお、この「フォントルロイ」というのは、ドリンコート伯爵家の跡取りの名称である。つまり、ドリンコート家では、跡取りは代々、「フォントルロイ」と呼ばれることになっているので、最初は長男のベヴィスがフォントルロイと呼ばれていた。セドリックはニューヨークで伯爵の三男の息子として暮らしていたときは、たんにセドリック・エロルだったが、伯爵の息子三人が亡くなって伯爵の跡継ぎとなり、フォントルロイ卿と呼ばれることになったのである。

というわけで、原題を直訳すると「小さなフォントルロイ卿」ということになるが、イギリスの貴族制度なども一般的ではなかった明治時代、若松氏による「小公子」という訳語は漢字の字面が幼いセドリックの感じにとてもよく合っているし、身分の高い人間であることもわかりやすく、読者の間に定着したのも当然と言えるだろう。

著者のバーネットの経歴については、本文庫におさめられている拙訳の『秘密の花園』に書いたので、『小公子』に関連した部分を中心にご紹介しておこう。一八四九年にイギリスのマンチェスターで生まれたバーネットは四歳になる直前に父を亡くし、経済的に逼迫《ひっぱく》して母ときょうだい五人でアメリカにいる伯父《おじ》を頼り、一八六五年、テネシー州に移住した。最初はニューマーケットの丸太小屋で暮らし、のちにノックスヴィル近郊に引っ越した。この伯父は洋品店を経営していたようで、もしかしたら『小公子』の重要登場人物であるホッブズ氏のモデルになったのかもしれない。

アメリカ移住後、一家の生活を支えるためにバーネットは小説を書きはじめた。一八七三年に眼科医スワン・バーネットと結婚後も執筆を続けながら、一八七四年に長男ライオネル、一八七六年に次男ヴィヴィアンを授かった。『小公子』はこのヴィヴィアンをモデルにしたと言われている。

　当初『小公子』は『セント・ニコラス』という児童文学雑誌に連載されたのだが、連載中から人気を博し、連載終了とほぼ同時に単行本として出版された。とりわけ、セドリックが着ている大きな白いレースの襟がついた黒いベルベットのスーツという、いかにもイギリス貴族の子息らしい愛らしいファッションは巷《ちまた》で大流行したようだ。当時、アメリカのあちこちで、ベルベットのスーツを着た幼い男の子が母親に手をひかれて歩いている光景が目に浮かぶ。『小公子』はその後、ロンドンやニューヨークやボストンの舞台で上演され、バーネットの名声はますます高まったのだった。

　こうして『小公子』が百三十年以上にわたって長く愛されてきた理由は何なのだろうか？　まず、何よりも主人公のセドリックが魅力的だからだろう。

　この子は生まれたときから、やわらかな美しい金色の毛がふさふさと生えそろい、毛先がくるんとカールし、生後半年ぐらいのときにはゆるやかな巻毛になっていた。長い睫《まつげ》に縁どられた大きな茶色の目をしていて、かわいらしい顔立ちだった。

背中がとても強くて、しっかりしたたくましい脚をしていたので、生後九ヵ月でいきなり歩きだした。

このようにセドリックは美男美女の両親から生まれただけあって、外見がとびぬけて美しい男の子だ。しかし、彼の魅力は見かけだけではない。

セドリックの最大の魅力は明るくて物怖じせず、その独特の無邪気さで、みんなと親しくなれるところだった。それはこの子が人を疑うことを知らなかったからだし、他人の心を慮《おもんぱか》り、自分と同じように相手にもいい気分になってもらいたいという、幼いながらも親切な気持ちがあったからだろう。おかげで、セドリックは周囲の人の気持ちをすぐさま察することができた。

牧師も会ったとたんに、この子供に好感を抱いた。ただし、牧師が心を奪われたのは子供の美しい顔立ちや品のよさではなく、この子が生まれつき持っている純粋さと心のやさしさだった。

セドリックは祖父である伯爵から自由に使うようにとお金をたくさんもらうと、困っている友人たちのために使い、相手を喜ばせるとともに、そのことによって自分も喜びを感じるのだった。さらに、伯爵と暮らすようになると、領地の困っている人々を助けるのは当然と考え、自己中心的な伯爵の考え方を少しずつ変えていく。セドリックの純粋無垢《むく》な考え方や言葉は何度読んでもすがすがしい。と同時に、利己的で傲《ごう》慢《まん》な伯爵が、孫息子の無邪気で純真な愛情深い心に触れて変わっていく様子がユーモアのある筆致で描かれていて、こちらも本書の大きな読みどころと言えるだろう。

何よりも感動的なのは、誰も愛さずに人生を送ってきた老伯爵がセドリックを心から愛するようになり、それを忸怩《じくじ》たる思いで認めることだろう。もちろん誇り高い伯爵は、最初のうちはドリンコート家の跡継ぎにふさわしい孫息子の美しい外見が自慢だった。しかし、気がつくと、孫息子への愛情が日ごとに増し、さらに孫にも愛されたいと強く願っていることに気づくのだ。そして、ラストシーンでバーネットは言う。

> （セドリックは）豪壮なものや華美なものとも無縁だった。しかし、とても純真で愛情深かったから、いつもみんなに愛された。そういうふうに育つということは、すなわち王として生まれることに他ならない。

『小公子』によって、読者は純粋で思いやりのあるやさしい心を持つことが、いかに人として大切か、改めて気づかされる。その資質こそが、よりよく生きるために必要なものなのだ。だからこそ、この作品が時代を超えて多くの人の胸を打つのだと思う。

なお、バーネットは『秘密の花園』の原型とも言われる短篇「青い花の国」を一九〇九年に発表している。『秘密の花園』やエッセイ「庭にて」で語られているように、人は植物を育てることによって癒やされ、大きく成長できるということがテーマの作品である。

さらに今回、「青い花の国」をじっくりと読んでみて、主人公エイモア王はセドリックを彷彿《ほうふつ》とさせる、まっすぐな心根の向上心がある思いやり深い人物として描かれていることに気づいた。『小公子』から「青い花の国」の執筆に至るまでの二十三年間に、バーネットは離婚、長男の死、再婚、二度目の離婚という波瀾万丈《はらんばんじょう》の人生を送ってきたが、理想とする生き方はずっと変わらなかったのだろう。そう思うと、いっそう『小公子』のセドリックの姿が意味深く感じられる。

羽田詩津子

本書は訳し下ろしです。

小公子《しようこうし》

バーネット　羽田詩津子《はたしずこ》＝訳

令和３年　１月25日　初版発行
令和６年　９月20日　再版発行

発行者●山下直久

発行●株式会社KADOKAWA
〒102-8177　東京都千代田区富士見2-13-3
電話　0570-002-301（ナビダイヤル）

角川文庫 22517

印刷所●株式会社KADOKAWA
製本所●株式会社KADOKAWA

表紙画●和田三造

●お問い合わせ
https://www.kadokawa.co.jp/（「お問い合わせ」へお進みください）
※内容によっては、お答えできない場合があります。
※サポートは日本国内のみとさせていただきます。
※Japanese text only

ISBN 978-4-04-109525-6　C0197

◆◇◇

角川文庫発刊に際して

角川源義

第二次世界大戦の敗北は、軍事力の敗北であった以上に、私たちの若い文化力の敗退であった。私たちの文化が戦争に対して如何に無力であり、単なるあだ花に過ぎなかったかを、私たちは身を以て体験し痛感した。西洋近代文化の摂取にとって、明治以後八十年の歳月は決して短かすぎたとは言えない。にもかかわらず、近代文化の伝統を確立し、自由な批判と柔軟な良識に富む文化層として自らを形成することに私たちは失敗して来た。そしてこれは、各層への文化の普及滲透を任務とする出版人の責任でもあった。

一九四五年以来、私たちは再び振出しに戻り、第一歩から踏み出すことを余儀なくされた。これは大きな不幸ではあるが、反面、これまでの混沌・未熟・歪曲の中にあった我が国の文化に秩序と確たる基礎を齎らすためには絶好の機会でもある。角川書店は、このような祖国の文化的危機にあたり、微力をも顧みず再建の礎石たるべき抱負と決意とをもって出発したが、ここに創立以来の念願を果すべく角川文庫を発刊する。これまで刊行されたあらゆる全集叢書文庫類の長所と短所とを検討し、古今東西の不朽の典籍を、良心的編集のもとに、廉価に、そして書架にふさわしい美本として、多くのひとびとに提供しようとする。しかし私たちは徒らに百科全書的な知識のジレッタントを作ることを目的とせず、あくまで祖国の文化に秩序と再建への道を示し、この文庫を角川書店の栄ある事業として、今後永久に継続発展せしめ、学芸と教養との殿堂として大成せんことを期したい。多くの読書子の愛情ある忠言と支持とによって、この希望と抱負とを完遂せしめられんことを願う。

一九四九年五月三日